Peli de zombies en Si bemol

AF210824

Peli de zombies en Si bemol es una obra literaria y musical dividida en dos proyectos paralelos. Por un lado esta novela, cuyo borrador fue escrito en 2012. A partir de él se compone, para la banda "La transmutación del átomo", una ópera rock cuyo repertorio estaba íntegramente ligado al argumento de la novela.

En 2020 se retoma el proyecto bajo el nombre artístico de "Cervan", siendo este el relato en que se basa el disco homónimo, cuyas canciones se pueden escuchar escaneando el código QR incluido en la siguiente página.

Una historia intensa, paralela a los grandes filmes del género tratando cada uno de los clichés de dichas películas y dándole otro significado al final, con un giro argumental inesperado.

Peli de zombies en Si bemol

Jorge Cervantes (Cervan)

@Jorge Cervantes Vázquez

Impresión y editorial: BoD-Books on Demand

info@bod.com.es – www.bod.com.es

Impreso en Alemania – Printed in Germany

ISBN: 9788413265544

Capítulo I. *Amargo amanecer.*

"Humedades en el techo ilustran el silencio

de un amargo amanecer.

Sus garras en mi pecho resuelven el misterio

de mi estancia en este hotel.

Hay algo que no anda del todo bien.

Si este no es mi cuerpo me liberaré.

Echaré a correr, echaré a correr,

tras la vida que me ha vuelto a maltratar.

Amargo amanecer, haz bien tu papel

e ilumíname un sendero a la libertad."

Fragmento de "Amargo amanecer" (Cervan).

Aquel techo aunque desconocido, me transmitía una extraña sensación de familiaridad. Era como si me hubiera estado despertando en esa cama durante años y lo primero que hubiera visto cada mañana fuera las mismas manchas de humedad una y otra vez. Sin embargo no lograba recordar cuándo había sido.

Tardé varios minutos en incorporarme. Sabía que la tranquilidad terminaría en cuanto viera lo que me rodeaba. Sin la más mínima idea de cuánto había dormido, en mi interior tenía claro que llevaba mucho tiempo fuera de juego. Me invadía una sensación como de llegar tarde al trabajo, de que algo me había perdido por no abrir los ojos a tiempo. Sobresaltado, busqué si éxito el teléfono móvil en la mesilla a la derecha. Estaba vacía. Ya al tacto me di cuenta de que no era la de siempre sino que se trataba de un mueble metálico, frío, suave y sin cajones. Desde luego no estaba en mi casa. Todo blanco alrededor; paredes, cortinas, sábanas, incluso la ropa que llevaba. Lejos de hacerme sentir relajado y en un lugar confortable me puso más nervioso. La luz reflejada me impedía centrar mi visión en detalles del lugar, que se fundían en una enorme mancha deslumbrante, aturdiéndome si cabe, todavía más de lo que ya estaba.

En cuanto traté de tensionar los músculos del abdomen para levantar mi torso noté agudísimo dolor que me obligó a dejarme caer de nuevo sobre la almohada. Al segundo intento un mayúsculo tirón en mi brazo derecho y dos agujas salieron disparadas derramando unas gotas de algún líquido mezclado con mi propia sangre. Más cables se interponían en la ardua tarea de volver a movilizar mi cuerpo. Se trataba de una serie de electrodos firmemente adheridos que tuve que arrancar junto con varios mechones de vello.

Era evidente que estaba en un hospital, monitorizado y bajo cuidado médico. Me tranquilizó en cierto modo ya que, aunque no sabía qué estaba haciendo allí, probablemente un equipo de médicos y enfermeras aparecería muy pronto para cuidar de mí, interesarse por mi estado y explicarme qué me había pasado.

Me senté en la cama a esperar, frotándome los ojos y haciendo crujir cada una de mis articulaciones, preparándome para levantarme, vestirme y volver a casa pero nadie apareció. Esperé durante más de media hora en la misma postura recapacitando, imaginándome mil explicaciones posibles, pero nadie vino a atenderme.

Exasperado, decidí tomar cartas en el asunto y ponerme en pie, motivado por una imperiosa necesidad de mear. Apoyándome en la pared a la vez que avanzaba, di con el cuarto de baño tras una puerta corredera también lacada en blanco, con una cuerda pasante anudada de tal manera que facilitara el tirar de ella para que la madera resbalase por su carril, al lado de lo que parecía la puerta de salida. El sistema podía parecer rudimentario o incluso cutre, más propio del tercer mundo pero en el contexto, parecía más bien uno de esos detalles de decoración modernos, en lo que se utilizan materiales de lo más variopintos a la hora de decorar una estancia. A fin de cuentas, ¿no se hacen camas con palés de obra y se venden a precio de madera maciza? El servicio contrastaba con la imagen pulcra y elegante de la habitación, que llegado aquel momento ya no me parecía tan limpia. Al tiempo que mis ojos se habían ido acostumbrando a la claridad había empezado a vislumbrar suciedad acumulada en todos los muebles. Polvo en mayor medida, como si por ahí no hubiera pasado nadie a limpiar en varios días. También me fijé en un pequeño jarrón en una cómoda junto a los pies de la cama. Era un recipiente gris, una decoración muy minimalista, pero que vestía. En él había un ramo de flores marchitas que debía llevar allí semanas a juzgar por su estado seco y ennegrecido.

Nunca he sido muy partidario de regalar flores a enfermos, ¿qué sentido tiene?, si estoy enfermo no voy a poder olerlas, no van a mejorar mi situación, personalmente no me aportan absolutamente nada pero las convenciones sociales es lo que tienen, que aunque no les veas mucho sentido no te queda otra que cumplir con ellas.

Me pregunté quién me las habría regalado. Ni tenía buena relación con mis padres ni nadie con quién compartiera la vida y desde luego no imaginaba a ninguno de mis compañeros de trabajo viniendo a visitarme con un ramo de rosas en la mano.

Los azulejos del cuarto de baño eran de un color marrón apagado y el sanitario había pasado por épocas mejores, tenía toda la loza amarillenta y resquebrajada. "Menudo contraste", pensé. Todo apariencia en la zona de las visitas pero el baño viejo y hecho un desastre. Al menos, se notaba que nadie lo había usado desde su última limpieza pues había una gruesa capa de polvo depositada en la taza.

De camino me vi reflejado en un espejo oscurecido por el paso de los años y roto en las cuatro esquinas, sobre un lavabo también en pésimas condiciones.

Nunca me había tenido por un hombre guapo, pero la demacración de aquel individuo que veía reflejado me hacía parecer realmente un monstruo de feria, un muerto en vida con un pie en la tumba. Me habían afeitado la cabeza aunque ya tenía al menos un centímetro de pelo, mi barba estaba tupida y con un largo de unos cuatro centímetros. Nunca antes había tenido barba, de modo que no sabía exactamente cuánto podría haber tardado en crecer de esa manera. Ni siquiera reconocía mis ojos, que estaban profundamente hundidos en mi cara rodeados de unas ojeras negras y marcadas que los hacían parecer mucho más grandes de lo normal. ¿Qué me ha pasado? Me pregunte en voz alta.

Anonadado, me tomé mi tiempo para explorar toda mi anatomía. No vi cicatrices, con lo que deduje que no me habían operado de nada que yo pudiera saber a simple vista y no notaba nada extraño más allá de una delgadez extrema. Mis brazos y piernas habían decrecido tanto que el tatuaje de mi brazo derecho, que simulaba un alambre de espino, muy de moda en otra época aunque a día de hoy no se me ocurriría plasmar ese diseño en mi piel, se había deformado y daba la impresión de haberse retorcido en mi piel, parecía que mi yo entero había menguado quedando en una frágil sombra del hombre de complexión atlética que había sido.

Una leve brisa entró por la rendija de la puerta, enfriándome los pies y pantorrillas bajo el fino camisón de hospital. Al estar atado por detrás, se me complicó un poco la tarea de quitármelo para cambiarme. De forma cómica, como un perro persiguiendo su propio rabo, di un par de vueltas hasta conseguir atrapar el fino cordón que anudado, unía las dos partes y ya desnudo, caí en la cuenta de que no había ninguna otra muda a la vista. ¿Dónde estaría mi ropa? Al ingresar traería algo puesto…

Rebusqué en todos los cajones de la mesita de noche y el armario pero fui incapaz de localizar nada hasta que me fijé en otra puerta que no había visto antes. Junto al gotero había una especie de carrito que servía para apoyar una serie de equipos electrónicos a los que estaban conectados todos los sistemas que me había arrancado. En aquel útil, en una pegatina amarilla y plastificada ponía mi nombre. ¿Eran esos aparatos sólo para mí?, ¿llevaba tanto tiempo ingresado que ya tenía un set específico asignado?

En cualquier caso, bajo todo aquello había un compartimento en el que encontré mi ropa. Una camiseta básica de color negro, unos tejanos y unas zapatillas. Nunca he sido mucho de complicarme con la elección de mis prendas de vestir, con unos pantalones y alguna otra parte de arriba lo más discreta posible, tenía para taparme casi todo el año. Incluso, el mero hecho de tener que ir de compras siempre me ha disgustado bastante. Las grandes extensiones, los probadores, el gentío…, cosas que estaban hechas para otro tipo de personas pero no para mí.

Me acerqué a la salida. Por mi ventana entraba una luz bastante clara. Calculé que al menos debía ser mediodía, de modo que no lograba comprender el porqué del absoluto silencio que me rodeaba. Llegué a tener serias dudas sobre si me había quedado o no sordo y por eso no escuchaba nada fuera, de modo que dejé caer el dichoso jarrón de la mesita de noche, como si fuera un gato que, con toda la parsimonia empuja suavemente un objeto para regocijarse viendo como cae y se rompe en mil pedazos. Aquel chisme generó un tremendo estruendo al chocar contra el suelo. ¿Entonces, si no estaba sordo qué pasaba en aquel lugar?

Solo había una forma de averiguarlo. Eché la mano al pomo. Cerrado. Perplejo, traté en vano de tirar más fuerte hasta que las pocas fuerzas que logré reunir me abandonaron, mi mano se soltó involuntariamente y caí sentado en el suelo.

Un fuerte quejido acompañó a mi tentativa de levantarme de nuevo. No lo conseguí y me tumbé en la fría plaqueta para reponer el aliento un minuto. Empezaba a desesperarme pero reprimí las ganas de gritar auxilio por miedo a crear una situación exagerada y cómica, me puse en pie pesadamente y golpeé la puerta con los nudillos. Alzando levemente la voz llamé en busca del personal sanitario del centro.

- ¿Hola?, Que alguien me abra por favor.

No salía de mi asombro al darme cuenta de que alguien había encerrado a un enfermo inconsciente en una habitación. En mi cabeza ya le daba vueltas a cuáles serían las medidas legales pertinentes mientras decidía la acción más inteligente por mi parte. No me convendría demasiado perder los nervios y montar un escándalo. A mi juicio debía esperar, pues no era posible que me tuvieran mucho rato así. En algún sitio habría saltado alguna alarma al quitarme los electrodos. Seguramente la puerta estaría cerrada por alguna razón. No debía preocuparme demasiado.

Volvía al cuarto de baño. En ese momento me pareció imperativo lavarme la cara y los dientes a expensas de recibir al doctor o doctora que me atendería en el proceso del alta. Desde luego lo que más quería era regresar a mi hogar lo antes posible y ponerme al día con todo lo que me hubiese perdido. En realidad no podía ser mucho más que correspondencia del banco o similar. Ni tenía novia, ni muchos amigos y mi familia hacía muchos años que no tenía demasiadas noticias mías más allá de alguna llamada esporádica en navidad o fechas señaladas.

No es que hubiera demasiados productos de higiene, pero me pude apañar con un sobre de pasta de dientes y un cepillo desechable como los que hay en los hoteles. Incluso traté de darme una ducha, pero el agua caliente debía estar estropeada y decidí posponerlo.

Una vez acicalado me volví a acomodar en la cama a esperar. Cambié varias veces de postura en las siguientes horas, tratando de encontrar un punto en el que pudiese descansar sobre todo la espalda. Notaba como si pesara muchísimo a pesar de todo el peso de había perdido.

Tenía hambre y sólo había ingerido un par de sorbos de agua. Los nervios se apoderaron de mí. Empezaron a pasárseme por la cabeza multitud de finales horribles a esta situación, cantidad de explicaciones apocalípticas que me estremecían y me parecían absolutamente ridículas e inverosímiles, desde una aniquilación total causada por armamento nuclear a una invasión alienígena que daba caza a los humanos y había provocado una extinción masiva. Dejé volar mi imaginación alimentada por cientos de cómics y series televisivas, montándome increíbles películas de ciencia ficción en un instante aunque, por desgracia, no fui capaz de concebir lo que había pasado en realidad. Aquello superaría con creces cualquier historia que me hubiese podido inventar en aquellas horas.

Y allí estaba, solo y sin fuerzas urdiendo un plan para salir de una habitación cerrada sin hacer ruido, para evitar a los alienígenas homicidas que acechaban en las sombras. Si hubiera tenido papel de aluminio probablemente me habría fabricado un cono para evitar que leyeran mi pensamiento. De pronto me vino a la cabeza una vez que, viviendo con mi exnovia se nos habían quedado las llaves de casa dentro a los dos. Tuvimos que llamar a un cerrajero para que viniera a abrir la puerta. Recuerdo estar sentado en un bar tomando una cerveza cuando vi pasar al susodicho cerrajero.

- Ese es.- le dije

- Ni de coña ¿has visto las pintas?

Ella esperaba a un profesional ataviado con ropa de trabajo, un maletín de herramientas, probablemente con sobrepeso y con la rabadilla asomando tímidamente por encima del pantalón. Nada más lejos. Vimos llegar a un chaval, desaliñado y con aspecto de no haberse lavado en muchos días, pelo sucio, ropa informal, barba de varias semanas y armado con una radiografía. Me levanté y corriendo me acerqué haciendo señas de que era el inquilino del piso que tenía que abrir.

Una vez metido en faena, el chico me indicó que en teoría, no me estaba permitido mirar el método que iba a usar pero que a él no le importaba desvelar tan preciado secreto de la profesión. Secreto que no revelaré yo en estas líneas por respeto pero digamos que es bastante sencillo.

Busqué por toda la habitación algo que pudiera servir y lo único que parecía adecuado era la carpeta del historial que aún colgaba de la cama. ¡No podía creer que no la hubiera visto antes! En aquel documento que colgaba de un soporte metálico estaba escrita la respuesta a todos mis interrogantes.

"Lesiones provocadas por accidente de tráfico. El paciente presenta fracturas en costillas (no recuerdo el dato técnico) húmero y tibia izquierdos, traumatismo cráneo encefálico. No responde a ningún estímulo."

Por lo que entendí, había estado en coma desde hacía bastante tiempo con un pronóstico grave…

Sentí la necesidad de sentarme unos segundos para asimilar el mazazo. ¿Qué habría pasado en ese lapso temporal que pudiese motivar el encierro de un paciente en una habitación y no aparecer cuando se despierta? Debía salir de allí con urgencia, tenía que ver con mis propios ojos qué estaba pasando fuera.

Por suerte el soporte del informe cabía, no sin algo de esfuerzo, por la rendija entre la puerta y la pared. Localicé el resbalón, hice la maniobra y la puerta se abrió provocando un chirrido en el pasillo. Parecía que el eco del ruido que hicieron las bisagras no cesaba. Incluso me sentí avergonzado al romper tal remanso de paz pero nadie vino a reprenderme ni se asomó.

A principio sólo vi polvo navegando libremente por el aire. Partículas a la deriva que chocaban entre ellas y seguían su danza sin preocuparse de nada más pero cuando me hube adaptado a la nueva situación de luminosidad me di cuenta de cuán grabe era la situación.

El corredor distaba mucho del lugar limpio a la vez que deprimente que uno espera de un hospital. La leve iluminación de las flechas fluorescentes que indicaban la ruta de evacuación pintadas en suelo y paredes no ayudaba a mejorar la primera imagen que percibí del lugar. ¿Qué había en el suelo?, manchas oscuras por doquier, salpicaduras de aquel líquido en las pareces, huellas de camillas que habían pasado por encima y estirado aquel líquido que…, un momento. ¿Podía ser? Lo era, no cabía ninguna duda. Era sangre. Todo estaba salpicado de sangre. ¿Qué narices había pasado para estar todo manchado de sangre?, ¿había estallado la guerra?

Aceleré el paso. Necesitaba verlo con mis propios ojos a pesar del terror que invadía todo mi cuerpo. Me sentía absolutamente diminuto ante tal espectáculo. A cada esquina que doblaba empeoraba y no dejaba de ver cosas que me horrorizaban y repugnaban. Camillas destartaladas, encharcadas en sangre coagulada y putrefacta, material sanitario tirado por doquier, goteros, carritos con medicamentos…

De repente, un estruendo resonó por toda la estancia. El eco de un golpe que no se apagaba, que parecía incrementarse a medida que rebotaba en las paredes. Pasos que aceleraron de tímido paseo a carrera desenfrenada se oían cada vez más cerca. A mi derecha un gotero sirvió de arma improvisada ante aquel invisible ataque. El pánico se apoderó de mí y me aferré a aquel palo como si mi vida dependiera de ello. Notaba mis uñas clavándose en la palma de mi mano pero aun así me apretaba con todas mis fuerzas, preparándome para la inminente aparición de quién fuera que fuese el enemigo cuando noté un chasquido. Bruscamente giré la cabeza hacia mi derecha y un escalofrío recorrió mi espalda al ver, en una habitación abierta a una mujer que me hacía señas para que me acercase.

Di un paso atrás. En ese momento no entendía nada, ¿era aquella chica el enemigo? Los pasos seguían aproximándose. Ya casi los tenía encima cuando tomé, ahora lo sé, la decisión acertada.

Entré en la habitación y sin mediar palabra obedecí a sus señas de que cerrara la puerta cuidadosamente. No hizo falta nada más para que comprendiese que debíamos guardar absoluto silencio.

La tensión del ambiente podía, como se dice, cortarse con un cuchillo. Prácticamente sentía su aliento desde el otro lado. Intuía que estábamos allí, pero no acertaba a abrir la puerta. ¿Se trataba de un animal?, era como si un depredador estuviese tratando de comprender el funcionamiento del mundo civilizado. ¿Pero y entonces los pasos?, estaba absolutamente seguro de que lo que se había escuchado era el golpeteo de unos zapatos contra el suelo y no de ningún tipo de pezuña o garra.

Sus uñas rallaban el aglomerado, primero con una fuerza bestial, tanto que llegué a pensar que la destrozaría de un zarpazo, que iría arrancando capas y horadando hasta llegar a su objetivo como si se tratase de una rata tratando de escapar de un espacio cerrado. Después se fue relajando, hasta que al final sólo notábamos un leve aunque persistente toqueteo.

Cada segundo duró horas enteras. Yo trataba de aplacar los nervios como fuese, sentía los latidos de mi corazón como si las compresiones empujasen el contenido de mi estómago hacia fuera. A duras penas era capaz de controlar el sonido de mi respiración que me parecían huracanes entrando y saliendo de mis pulmones, aunque sabía que fuera de mi cuerpo tenían que ser imperceptibles. Sudaba a mares, tanto que aquel líquido saturado en sales me entraba en los ojos y me ardían pero no me podía permitir el movimiento de limpiarme la frente. El miedo, el instinto de supervivencia, o vete a saber qué otro estado físico hizo que no me desmayase allí mismo.

Finalmente, los pasos se alejaron a la carrera igual que habían llegado, seguramente persiguiendo otra presa. Me fallaron las piernas en cuanto exhalé y caí en el frio suelo con un dolor punzante en la sien derecha que anuló mis sentidos.

-¿Estás bien?

Oír una voz amiga fue como un bálsamo revitalizante instantáneo. Cogí todo el aire que pude de golpe, tratando de llenar el diafragma para aplacar así las náuseas. Ese truco lo había aprendido hacía bastantes años durante ciertos viajes escolares. Los niños son bastante crueles y yo siempre he sido algo sensible a las curvas, de modo que solían darme de lado en aquellas actividades por miedo a que pudiese vomitar a su lado.

-¿Qué está pasando?, ¿qué era eso?, ¿qué ocurre?, no entiendo nada, acabo de despertarme en una habitación cerrada y…, yo estaba en mi casa, ¿qué pasa?, ¿qué era eso?

Me miró incrédula, era evidente que me había perdido cosas que en aquel momento le resultaban evidentes a cualquiera que respirase.

-¿Qué está pasando?- Volví a preguntar, con la voz entrecortada y los ojos encharcados en lágrimas.

Se tomó su tiempo para procesar mi estado emocional. Me miraba fijamente tratando de averiguar si estaba loco o realmente no me había enterado de la movida. Finalmente, dejó caer su cuerpo grácilmente sobre la cama, entrecruzó las piernas y en una actitud maternal y sosegada se dispuso a aclararme la situación:

-Me llamo Laura. Me parece entender que no tienes ni idea de que el mundo se ha terminado.

Atónito, no fui capaz de articular palabra mientras ella seguía con su monólogo.

-Hace unos meses algo empezó a ocurrirle a la gente. Fue rápido, tanto que pilló a todo el mundo por sorpresa. De repente enloquecían, se volvían violentos…, muy violentos- Repitió.

Bajó su mirada. Su voz había cambiado, era mucho más lúgubre, como si aquellas palabras le estuvieran saliendo de algún oscuro lugar se su alma. Como si el mero hecho de decirlo en voz alta hiciese que el dolor aflorase. Jugaba con sus dedos constantemente, abriendo y cerrando las manos, entrelazándolas, continuamente se retiraba la melena de la cara echando la cabeza para atrás, soplaba hacia arriba haciendo que su flequillo volase para volver a caer sobre sus ojos y teniendo que volver a peinarse. Todos aquellos movimientos no hacían más que ponerme nervioso y distraerme de su explicación pero por educación sabía que no debía decir ni una palabra al respecto.

-Se transmitía por los mordiscos.- continuó- Te mordían y a los pocos minutos te volvías loco e ibas a por la persona que tuvieses más cerca. A veces, la cosa pasaba a mayores y se juntaban varios. Eso era lo peor. La sangre, las tripas... ¡Joder!, muchos aún estaban vivos cuando los destripaban. Yo me escondí en mi casa. A mi novio y a mí no nos gustaba salir así que hacíamos una compra al mes. Casi todo latas de conservas, ¿sabes? Así aguantamos un tiempo hasta que dejó de llegar el agua y tuvimos que salir.

-Espera, ¿de qué me estás hablando?, ¿de un holocausto zombie?

-Exactamente. No pongas esa cara, no es ninguna broma. Esto es mucho peor que en tus videojuegos. No te imaginas lo que es. El olor, el sonido, ellos desaforados arrancando todo lo que pillan por delante, los gritos…

Sus lágrimas resbalaban por su pálida cara. Hasta ese momento ni me había fijado en cómo era. Morena, con el pelo rizo, la cara llena de pecas que enmarcaban unos grandes ojos azules ornamentados con unas larguísimas pestañas. Era muy bella, tanto que costaba mucho verla llorar y no sentir la necesidad de consolar a aquel desvalido ser.

En contraposición con tan dulce rostro estaban sus brazos y manos totalmente sucias, ennegrecidas desde los codos hasta las uñas como si hubiera estado escavando en una fosa séptica. Su ropa estaba igual, embarrada y hecha girones que colgaban a su antojo dejando entrever su figura delgada. Demasiado delgada y demacrada. Este aspecto avalaba su historia. Era evidente que un intenso sufrimiento acompañaba a la muchacha, que las últimas semanas no las había pasado precisamente en un hotel de lujo dándose masajes o comiendo en bufets libres.

Yo por mi parte estaba completamente convencido de que se trataba de una broma de mal gusto. Aquel grado de surrealismo tenía por fuerza, que ser uno de estos programas de cámara oculta. En realidad debíamos estar en un plató a las afueras de la ciudad, de vez en cuando traerían a algún pringado para grabarlo y partirse de risa.

En cuanto me di cuenta de esto empecé a reír y a mirar hacia todos lados.

-Venga ya está. ¡No cuela más!, buscad a otro y no sigáis con esto, no insultéis mi inteligencia por favor.

Una silla salió volando a mi espalda destrozándose contra la pared y no se rompió en mi espalda por unos centímetros a la derecha.

-¿Qué haces puta loca?, ¿pero tú qué te has pensado? Te voy a denunciar a ti y a tu programa de mierda. ¡Puta telebasura! – Grité con todas mis fuerzas.- ¿Me oís?, ¡se os va a caer el pelo a todos!

Me levanté de un salto y abrí la puerta con furia, tanto que se partió por la mitad al chocar con la pared, y me adentré en el pasillo vociferando e insultando a los productores de aquel maldito reality show para estúpidos, hasta que un aullido me dejó petrificado.

Aquel ruido no era humano. No lo sabría describir con palabras pero fue algo aterrador que se metió por mis oídos y me dejó petrificado. Como si, fuera lo que fuese lo que lo hubiese emitido, se dejara en el intento las cuerdas vocales y siguiese tratando de gritar, ignorando por completo el dolor, primero muy intenso para terminar en un jadeo acompañado de golpes atropellados.

Los pasos volvían hacia mí. Inhalaciones y exhalaciones imposibles para una persona penetraban en mis oídos como si me estuvieran respirando directamente en las orejas.

Y entonces lo vi. Mi teoría de la broma televisiva quedó descartada al instante. El ser que corría desbocado no podía ser un actor maquillado, aquel cuerpo era imposible de recrear en una persona sana. El grado de descomposición, la forma en que todas las articulaciones unían entre sí. Aquella mirada, con los ojos inyectados en sangre, la rabia que se había apoderado de ella no se podía fingir. Era, o mejor dicho, había sido un hombre. Por lo que quedaba de su ropa, un trabajador del hospital. Su piel gris, totalmente putrefacta, se deshacía. Literalmente iba perdiendo pedazos de carne a cada paso que daba, exhibiendo cada vez más el interior de un cuerpo destrozado. Inerte pero muy activo, que rugía de ganas de alcanzarme. Tenía los dos tobillos rotos y corría sobre ellos sin el más mínimo signo de dolor en su rostro. Estiraba los dedos, desesperado, necesitado de hacerse con mi cuerpo como si su vida, o no vida, dependiese de ello. Desde luego no era una broma. No podía serlo.

Eché a correr de forma instintiva. No sabía a dónde me llevaría el pasillo, sólo que necesitaba como fuera escapar de allí. De nuevo los latidos en la sien y el punzante dolor de cabeza que me impedía pensar con claridad amenazaban con hacerme vomitar en el momento más inoportuno pero sabía que si me permitía ese lujo, aquello me alcanzaría y no estaba dispuesto a arriesgarme.

Por segunda vez, la providencia hizo que me encontrara con las señas de Laura, que me indicaba la salida de emergencia a la que llevaban las flechas fluorescentes del suelo.

-¡Por aquí!

De una patada accioné la barra de la puerta de metal, pero algo impedía que se abriese totalmente. Empujé con todas mis fuerzas una vez. Nada. Algo blando al otro lado la mantenía lo suficientemente cerrada para que no cupiese.

Los pasos ya estaban encima nuestra, volvía a oír la respiración, los jadeos, prácticamente lo notaba detrás como si su necesidad implacable de alcanzarme ejerciera una invisible fuerza hacia mí.

Volví a empujar. Ya casi cabía, pero aún era imposible escapar del todo, mejor un tercer empujón para terminar de apartar lo que fuera que estuviese al otro lado.

Finalmente salimos y sujetamos la puerta con todas nuestras fuerzas, atajando los embistes de nuestro perseguidor que trataba, sin éxito, de dar con la fórmula para salir al exterior.

Peli de zombies en Si bemol

Capítulo II. *Fundiéndose al sol.*

"¡Libertad!, el sol quema, Dios no puedo ver,

navegando con las yemas tropecé

con una isla de cadáveres

que están

fundiéndose al sol,

clamando perdón

por ser simples cuerpos sin razón.

Me ciega el color

ahora el olor.

¡Vuelve poco a poco la visión!"

Fragmento de "Fundiéndose al sol" (Cervan).

Cegado por la claridad, notaba dolor en los ojos, que luchaban por recuperar la capacidad de boquear el exceso de luz solar. A tientas, traté de orientarme y en mi primer paso tropecé y caí de bruces sobre una lona fría con algo blando en su interior. Temiendo lo que pudiera ser, luche inútilmente por incorporarme lo antes posible pero cada movimiento me hundía más y más en aquella especie de arenas movedizas. Por fin, logré apoyar uno de mis pies sobre algo lo suficientemente firme como para soportar mi peso y ejercí fuerza sobre ello. Haciendo un alarde de equilibrio, mantuve la posición erguida el tiempo suficiente para empezar a vislumbrar dónde estaba.

Fundas grises, descoloridas por el sol hasta donde alcanzaba la vista. Una inmensa llanura tras el edificio del hospital hacía las veces de depósito de cadáveres, que se apilaban unos sobre otros en hileras descomunalmente largas. Los insectos se arremolinaban, creando bandadas tan enormes que oscurecían el espacio por donde pasaban como si de ruidosas nubes negras se tratase. Deambulaban de aquí para allá chocándose entre ellas, luchando por localizar algún roto en los envoltorios de comida que se amontonaban frente a ellas. Pero lo peor, lo realmente atroz, lo que anulaba todos los demás sentidos y hacía que el simple hecho de permanecer en aquel lugar fuera un acto insoportable, era el olor. Como una cuchillada entre los ojos, se apoderaba de todo y te hacía olvidar lo que estabas viendo. Sí, era abrumador. Sí, era horrible y a la vez cuantificaba el calibre de lo que estaba pasando, pero el aire estaba tan lleno de muerte y putrefacción que no podías pensar en otra cosa que en salir de allí.

Aguantando la respiración tratamos de saltar de cuerpo en cuerpo, notando cómo se deshacían bajo nuestros pies. El tacto era gomoso al principio y una vez ejercías fuerza sobre ellos se desparramaban, como si el simple hecho de tocarlos hiciera que por dentro de aquellas crisálidas, los cuerpos dejaran de ser entes uniformes. Como si en realidad, lo que producía aquel hedor no fueran más que muñecos de plastilina encerrados en fundas de lona y que estuviéramos destrozando el macabro juego de un niño maleducado y perverso.

A medida que avanzábamos, nuestra pericia aumentaba, incrementando la velocidad, aunque de poco servía pues no veíamos el fin de aquel desierto. Desesperados, buscábamos los puntos más altos en busca de un faro que nos indicase el rumbo a puerto en aquel dantesco mar.

Algunos se removían. Asomaban extremidades destrozadas, cuya piel y carne estaban hechas girones, al haberse rasgado en las cremalleras. Gemidos, alaridos, gruñidos nos acompañaban en la deriva, amenazantes. En cualquier momento alguno de aquellos monstruos se vería libre y comenzaría su cacería sin contemplaciones. En cualquier momento, dejaríamos de navegar en busca de un puerto y comenzaríamos a luchar, agotados, contra la tempestad.

Por suerte encontramos tierra firme. A cien metros, finalmente estaba la carretera en cuya cuneta terminaba aquel esperpento. Podríamos pisar en el asfalto, echar la vista atrás y recapacitar sobre lo que acabábamos de hacer.

Cincuenta metros. Todo va a salir bien. Aceleré el paso. Deseaba con todas mis fuerzas llegar a la orilla. De donde no quedaba nada, saqué fuerzas para un último sprint, saltando de bulto en bulto, rompiendo con todo mi peso lo que fuera que hubiese debajo hasta que, a falta de solo treinta metros algo agarró mi tobillo.

Sólo sobresalía el antebrazo, pero tuvo la habilidad para engancharme con todas sus fuerzas y no soltarme. Me vi rodeado por bocas que trataban en vano de morderme a través de las telas que las separaban de mi piel. Notaba sus alientos. Fétidos. Muertos. Calientes a pesar del deterioro. ¿Cómo podían estar calientes?

Aquello era sobrenatural, sobrecogedor, aterrador.

Cada vez estaban más cerca. Las fundas se rompían, se rasgaban y se abalanzaban sobre mi cuerpo, que poco a poco era tapado como si se hundiera en el agua. El peso de todos aquellos zombies me estaba dejando sin respiración. Cada cuerpo que se amontonaba era como un estallido en mi pecho que estaba a punto de ceder, de abandonarse y dejarse ir hacia el fondo para morir como el capitán de un navío que naufraga en la mar y derrotado, se deja llevar con los brazos y cuerpo relajados a la espera de que el agua llene sus pulmones y convertirse en parte del lecho.

¡Horror!, un chasquido a mi espalda. Debía ser una de mis costillas partiéndose. Aterrorizado me prepare para lo siguiente. Imaginé cómo sería. Mis huesos se irían partiendo lentamente, después la presión acabaría por hacer estallar cada uno de mis órganos hasta acabar desangrándome o ahogándome en mis propios fluidos. Iba a perecer de la forma más lenta y dolorosa posible.

Un segundo chasquido. Traté de contraer todos los músculos de mi cuerpo, anticipándome al inevitable final cuando, en un tercer chasquido note un alivio. El peso era menor, notaba arquearse mi cuerpo y de pronto caí en la cuenta. ¡Ya sabía dónde estaba!

El hospital de mi ciudad estaba rodeado por una enorme arboleda. Las familias iban allí a caminar o a merendar. En verano, se organizaban festivales y conciertos. Aquel parque era atravesado por un regato, un pequeño riachuelo en cuya orilla se había construido un paseo de madera que apoyaba de un lado en la calzada y de otro sobre unas vigas cuyas zapatas se adentraban en el cauce. Solía ser frecuentado por parejas o niños en bicicleta. Un lugar idílico donde dar de comer a las aves acuáticas que lo poblaban. Un precioso entorno que había sido mancillado con hileras de muertos, descomponiéndose y dejando tan maltrecho lo que antes había sido el regocijo de muchos. Recuerdo incluso algún escarceo en mi época de adolescente con alguna jovencita ilusionada. Solíamos también reunirnos unos cuantos amigos alguna noche veraniega, ataviados con botellas para beber y charlar en aquel mismo paseo fluvial.

La estructura cedió bajo mi cuerpo y me precipité al agua hundiéndome hasta el fondo rodeado de bultos que aún trataban de agredirme.

El agua estaba congelada. Se clavaba como agujas en mi piel pero aun así nadé aliviado en busca de la superficie. Bajo la pasarela estaba oscuro. Cuerpos rodaban por el agujero, zambulléndose uno tras otro. Flotaban arrastrados por la corriente mientras se estiraban y luchaban por salir de sus capullos. Yo los apartaba de mi camino con un suave manotazo, regocijándome mientras se alejaban en busca de la desembocadura.

Pronto, crucé los pocos metros que me separaban de la orilla. Unos pasos más allá la carretera, la libertad que tanto ansiaba hacía unos minutos me esperaba mientras me arrastraba por el barro en busca de un apoyo firme para incorporarme. Una raíz me sirvió de cabo del que tiré con todas mis fuerzas.

Al sacar el torso y apoyarlo sobre la tierra mojada me encontré, con una zapatilla pegada a mi cara. De nuevo en tensión, dirigí la mirada hacia el dueño de aquella deportiva blanca. La piel agrietada y las punteras desgastadas malograban un diseño clásico, propio del baloncesto de los años ochenta. Hacia arriba un pantalón roto que empezaba a sonarme. Efectivamente, era Laura que había terminado el pequeño trecho entre mi caída y la carretera según el plan previsto y me estaba esperando con una sonrisa de superioridad en la cara. No me ofreció la mano para ayudarme, simplemente se dio media vuelta gruñendo algo inteligible. Yo me levanté tratando de parecer ágil, aunque en mi estado físico lo máximo que conseguí fue volver a caer, dando con mi rostro en el barro, terminando de estropear la pobre imagen que ya tuviera de mí.

-Vamos. No creo que tarden en llegar.

-¿Llegar?, ¿quién va a…?

Sin decir más comenzó a caminar por el asfalto, mirando de un lado para otro en busca de algo.

-¿Me puedes esperar?, ¿qué buscas?

Finalmente localizó un coche unos metros más adelante, al pasar la curva. Aceleró el paso mientras me hacía un gesto para que la siguiese.

Se trataba de un automóvil bastante antiguo, un Renault 500 con la chapa toda corroída y lleno de óxido. Las ruedas habían pasado mejores momentos y parecía haber estado parado durante meses en el mismo sitio, cosa lógica dada la situación. Tiré de la maneta y la puerta, que estaba abierta, chirrió soltando una buena cantidad de polvo anaranjado proveniente de las bisagras.

-¿Y ahora qué pretendes que haga?

-Mira en la guantera.

Tal y como me indicó, abrí el compartimento y allí, enganchadas a un llavero hortera de color rosa que parecía un hurón o algún animal peludo del estilo, había dos llaves. Ya estaba introduciendo la llave principal en el contacto cuando una sarcástica tos me detuvo.

-Un caballero abriría la puerta a una dama…

Pensé que sería una broma y que enseguida empezaría a caminar hacia el otro lado del automóvil pero no se movió ni un ápice. ¿Era en serio?, ¿en pleno apocalipsis?

Suspiré. Negaba con la cabeza dejando claro mi disgusto ante la situación pero aun así baje de mi asiento y rodeé el carruaje de la señorita para abrirle la puerta del acompañante. Incluso hice una pequeña reverencia antes de cerrar para continuar sarcásticamente con la pantomima.

Al fin, ya acomodado giré el contacto y el motor se puso en marcha a la primera.

Peli de zombies en Si bemol

Capítulo III. *Trampas.*

"El espectáculo fue dantesco

¡No toquemos nada!

¡Arranquemos ya!

A cada obstáculo,

¡saltemos!

No nos arriesguemos a no poder pasar.

Démonos más prisa, no van a esperar.

Ya veo la salida.

¡Venga un último sprint hacia allá!

¡No caigamos en su trampa!,

¡mejor huyamos sin mirar atrás!

A mil años luz de nuestra estela,

sus caras muertas

no nos volverán a ver jamás.

Fragmento de "Trampas" (Cervan).

-¿Hacia dónde?

-Vete recto, vamos a tratar de salir de aquí sin hacer ruido. Se concentran en los centros de las ciudades. Se apiñan para entrar en calor.

-Entendido.

Conduje con precaución, siguiendo las indicaciones de mi copiloto, metiéndonos por callejones y desvíos con el objetivo de no ir nunca hacia el centro de la ciudad.

-Si seguimos por aquí llegaremos a la circunvalación y podremos meternos por alguna carretera de pueblo. Esas apenas tienen bichos, si acaso alguno, pero lo atropellas y ya.- Soltó una risita macabra.

Empezaba a relajarme, a asimilar todo lo que estaba pasando. En mi mente se agolpaban millones de preguntas pero no sabía por cuál empezar, de modo que guardábamos silencio. Fue ella quien rompió el hielo.

-A ver si me entero. Llevas por lo menos dos meses en coma. Es la única explicación posible.

-Exacto. No tengo ni idea de cómo llegue al hospital. Yo era repartidor, hoy me he despertado solo, con mil cacharros conectados al cuerpo y la puerta de la habitación cerrada a cal y canto. Estaba asustadísimo, no entendía que me hubieran dejado así.

-Eso te ha salvado la vida. Se te habrían comido entero, ni siquiera te habrías enterado de que te devoraban vivo. Malditos hijos de puta.

Le di la callada por respuesta. ¿Qué contestas a eso?

-Pues yo estaba buscando algo que llevarme a la saca, como se dice. Siempre viene bien tener a mano ciertas cosas; analgésicos, antibióticos, antigripales…

-Hablas como una experta.

-Hace dos semanas que no veo a nadie- suspiró- me parece que tienes razón y que me estoy volviendo una experta en esto.

-¿Y ahora?

-Ahora qué

-Y ahora, ¿a dónde vamos?, ¿Dónde están los demás?, ¿y el ejército?, ¿y el gobierno?

-No hay ningún gobierno. No hay ningún ejército. No hay nada- Lo único que podemos hacer es buscar dónde pasar la noche sin que se nos cenen esos cabrones y pensar en qué vamos a comer mañana. Transitar por sitios poco concurridos. No caer en su trampa.

-No caer en su trampa. –Repetí.

-Las ciudades son como ratoneras. Si entras en una no sales, lo he visto varias veces, créeme. Es tentador, porque allí es donde está todo, comida, armas…, todo. Pero no podemos meternos ahí.

De nuevo dejamos de hablar. La carretera se hacía más ancha, surgieron dos carriles complementarios bajo las señales de las bifurcaciones. A la izquierda "centro ciudad". Esa no. A la derecha "salida norte". Esa

Nos dirigimos a la mencionada salida sin toparnos con un alma. Era raro. Habría pasado un millón de veces por allí y siempre había un tráfico infernal. Colas para cambiarse de carril, motocicletas haciendo slalom por la avenida como si de esquiadores deslizándose por una pendiente nevada se tratase. Por las mañanas, sobre todo en hora punta era el epicentro de las grescas entre conductores que llegaban tarde al trabajo, de insultos desde la ventanilla o cafés voladores. Había que tener mucho cuidado con los lanzadores de bebidas, esos no se molestaban en mirar hacia fuera y muy fácilmente te podía tocar el premio de terminar tu jornada laboral con un manchurrón marrón en el pecho cual medalla.

-¡Para para!

Clavé el freno sobresaltado. Iba conduciendo absorto en mis pensamientos y aquel grito inesperado me asustó. El coche empezó a derrapar de la parte trasera. Yo luchaba por recuperar el control pero era incapaz de hacerlo. Giraba el volante de izquierda a derecha tratando de enderezar cuando de repente dejé de escuchar el chirrío de los neumáticos rozando contra la calzada. Estábamos en el aire, volando en línea recta. El puente que estábamos cruzando se había caído terminando con el paso libre del que veníamos disfrutando, convirtiéndose en una abrupta caída de tres metros que duró una eternidad.

Fue como si rebotáramos, primero con las ruedas, después con el techo varias veces, siendo zarandeados bruscamente. Yo flotaba por la cabina recibiendo golpes una y otra vez en los brazos y en las piernas, aguantando la respiración y rogando que se acabara, como un niño que cierra los ojos y se agarra a cualquier saliente en un tiovivo. Durante los últimos metros nos deslizamos boca abajo. El chirrío de la chapa contra el cemento era agudo y molesto pero a la vez sabíamos que significaba que el viaje llegaba a su fin de modo que a su extraña manera era tranquilizador. Laura comenzó a revolverse, buscando el conector del cinturón de seguridad que ella sí, se había abrochado antes de arrancar. No había tiempo que perder.

-Si no tienes nada roto sal cagando leches.

No esperó a que le contestara, se arrastró hacia fuera sin importarle lo más mínimo los cortes que pudiera hacerse con los cristales de las lunas u otros objetos.

Yo, por mi parte aún estaba tratando de respirar. Se me había cortado el flujo de aire hacia los pulmones debido a los múltiples golpes en la espalda. Me toqué las piernas y los brazos. Milagrosamente todo parecía estar allí.

-¡Sal!

Chilló la orden con todas sus fuerzas rasgando la voz tratando de parecer más autoritaria de lo que ya era. Aquello me puso en marcha de inmediato y rodé como buenamente pude por la ventanilla hasta sacar todo mi cuerpo del vehículo.

-Sólo hay un sitio peor que el centro de la ciudad. ¡Un centro comercial!

Efectivamente, habíamos caído en el aparcamiento del edificio recreativo de la ciudad. Multitud de tiendas y establecimientos de ocio concentrados en el mismo lugar convocaban diariamente a miles de personas que iban a disfrutar del cine, restaurantes o a hacer sus compras. Allí habría cientos de bichos deseosos de hincarnos el diente.

No tardaron en hacer su aparición. Una manada se acercaba entre los coches. Lentos, como si estuvieran enfermos. Apoyaban penosamente los pies y las manos en todo lo que encontraban para no caer al suelo y gemían levemente. Aun así la ira de sus miradas era terrorífica. Deseaban fervientemente agarrarnos, estiraban las manos hacia nosotros tratando de alcanzarnos lastimosamente.

-¿Por qué son tan lentos?- No me pude resistir a preguntar.

-Estos están podridos. Deben llevar mucho tiempo sin comer. Cuando pasan un par de semanas se van consumiendo hasta que apenas se pueden mover. Pero no te fíes, si te pillan te destrozan igual que los otros.

Cogí un oportuno palo del suelo y lo blandí a modo de espada. Si alguno se acercaba tenía claro lo que hacer. Si algo había aprendido de las películas y series de zombies es que lo que hay que hacer es golpear directamente en la cabeza.

Poco tardé en tener la oportunidad de comprobarlo. Una segunda horda se acercaba por el otro lado flanqueándonos el paso.

-¡Tenemos que movernos!

De entre dos coches apareció uno. Era, o más bien había sido un hombre con un evidente sobrepeso, calvo. Vestía una camisa de cuadros beige, metida parcialmente en un pantalón caqui. El típico aspecto de sesentón, pelín guarro y con pocas aspiraciones en la vida, que habría sido arrastrado por una mujer dominante a renovar su pobre vestuario.

Con todas mis fuerzas, propiné un demoledor golpe directamente en su oreja derecha, esperando ver cómo sus sesos volaban salpicando todo alrededor. Por desgracia no todo es como en las películas. El cráneo no se rompió y el zombie prácticamente ni se inmutó, continuando su inexorable avance.

-¿Qué haces, Harry el sucio?, ¿Dónde te has creído que estás en Walcking Dead?

Airado tiré el arma al suelo y empecé a correr sobre los capós de los coches tal como lo hacía ella. Los dos mirábamos en busca de un camino libre lejos del centro comercial pero estábamos completamente rodeados. No quedaba más remedio que seguir hacia adelante, en la dirección de la entrada aun sabiendo que probablemente nos veríamos inmersos en algo mucho peor.

La puerta de cristal estaba hecha añicos, dejando solamente la estructura metálica del marco. De un salto entramos esperando sentir el frescor del aire acondicionado de estos sitios en nuestras caras pero el calor era más o menos el mismo que en el exterior. Lo que sí era mucho peor era el olor. El mismo aroma a muerte que en el hospital pero intensificado y concentrado en una cárcel para cadáveres andantes, que buscaban incesantemente algo que llevarse a la boca.

-¡Por aquí!

Giró a la derecha hacia la primera tienda. Se trataba de una tienda de ropa de una cadena poco conocida, pequeña, coqueta, pero lo que hizo que se decidiera por ella fue que era la única que tenía la persiana a medio bajar.

Muy lista la chica. Según entramos bajé la persiana y pasé el pestillo. No tardamos en escuchar golpes y gemidos en el exterior pero no eran demasiados. Parecía tratarse de uno solo que trataba sin mucha ansia de investigar el interior.

Laura correteaba de un lado al otro del establecimiento. Buscando y rebuscando mientras yo la observaba anonadado, con cierto aire de admiración hacia ella. Ciertamente se había convertido en una experta.

Al fin, respiró hondo.

-No hay ninguno. Mierda tío. ¿Te das cuenta de lo cerca que hemos estado de palmar? ¡Joder!, ¡Hay que estar más atento!, tu haz lo que te dé la gana, suicídate si te apetece pero a mí no me jodas.

Evidentemente enfadada se sentó apoyando la espalda contra el mostrador de la tienda, metiendo la cara entre las manos mientras trataba de calmar su ansiedad, acallando gritos y quejidos.

Por mi parte, comencé a pasear tratando de hacer el mínimo ruido posible, fingiendo estar buscando algo que nos sirviera más adelante.

-Pronto se hará de noche.- Dijo- Lo mejor será que descansemos y pensemos cómo vamos a salir de aquí mañana.

Capítulo IV. *Noches.*

"Porque aquí las noches duran mucho más que allí

Donde los muertos no andan

Porque aquí siento que soy mucho más feliz…"

Fragmento de "Noches" (Cervan).

Oscuridad total a nuestro alrededor. Procurábamos no movernos demasiado por miedo a tropezar con algo y llamar la atención demasiado. Nos sabíamos invitados no deseados, o más bien deseadísimos, en medio de la casa del enemigo. De vez en cuando escuchábamos el devenir de algún transeúnte deambulando por los pasillos. Perdido, sin nada en la cabeza más que mantenerse en movimiento a la espera de que apareciera alguna presa.

Transcurridas un par de horas me relajé. Cerré los ojos tratando de conciliar el sueño pero cada vez que lo hacía me asaltaban imágenes escalofriantes de lo vivido el día anterior.

-¿Qué haces?

Otro reproche me sacó de mi estado de ausencia. No sabía lo que había hecho mal esta vez pero me sonó como si hubiese hecho una soberana estupidez. Un tono harto familiar. Recordé con claridad a mi exnovia, que solía reprenderme de la misma forma cuando tendía, según ella, la colada de forma incorrecta. Siempre me explicaba que debía colocar las pinzas en los pliegues, de forma que no se crearan dobleces para evitar tener que plancharlas aunque he de reconocer que jamás le hice el menor caso.

Para mí aquel tipo de minucias eran irrelevantes en la vida cotidiana al igual que para ella era nimia mi manía de, por ejemplo, dejar el cepillo de dientes en vasos separados. Cada cual tiene sus peculiaridades, solía pensar.

-¿Cómo te pones a cantar en este momento?

Un sonido interrogante fue la única respuesta que obtuvo por mi parte.

-Estabas cantando…, o tarareando en voz alta, ¿no ves que si te oyen vendrán todos los bichos aquí joder? ¡Estás loco tío! Mañana cada uno se va por su lado, no quiero que me mates.

De nuevo resopló tratando de apaciguar su mal humor.

Yo estaba bastante seguro de que no me había puesto a cantar, pero desistí de la idea de rebatírselo. Sólo faltaba que nos enzarzáramos en una discusión a susurros en medio de una tienda en un centro comercial, en un mundo lleno de zombies, lo último que se me hubiera ocurrido que podría vivir era una absurda discusión de pareja sobre si era verdad o no que yo había estado cantando. De modo que obvié el comentario y me recosté contra un perchero lleno de prendas de abrigo con la esperanza de dormitar hasta que saliera el sol.

Un tremendo estruendo me despertó de golpe. Algo había golpeado con fuerza en la persiana de la tienda y con el susto di un respingo hacia atrás. Un movimiento instintivo, huyendo de un peligro. Por desgracia derribé el perchero, lo que causó aún más ruido.

El eco tardó una eternidad en apagarse. Inmóvil agudicé el oído esperando la temida reacción de los individuos del exterior que no tardó en llegar. Gruñidos, gritos y gemidos corearon una sinfonía de terror que se acercaba a nosotros. Sucesivos manotazos en la persiana hacían que se moviese violentamente de dentro a fuera, generando un rítmico crujir entre sus partes metálicas, como si alguien estuviese aplastando una gigantesca lata en medio del cañón del colorado. Era imposible que no se oyera desde todos los puntos del edificio. Éramos conscientes de que todos los muertos vivientes habían empezado a acercarse desenfrenados, ávidos de su tentempié de media noche como almas que lleva el diablo, nunca mejor dicho.

Aquella fina lámina de metal plegado no tardaría en ceder ante los embistes de las bestias. Nuestro fin estaba cerca. Mi corazón empezó a bombear sangre, repleta de adrenalina que me hizo reaccionar con la fuerza de un veinteañero. Me levanté ágil, ya no valía la pena el sigilo.

Comencé a buscar una salida de emergencia, otra puerta, cualquier resquicio por el que pudiera arrastrarme o esconderme pero la habitación aún estaba demasiado oscura para encontrar nada.

Fui toqueteando todas las paredes despacio, siendo todo lo riguroso que era capaz dada la situación pero nada. Pasaban los segundos y cada vez había más atacantes al otro lado. Los movimientos de la separación entre el corredor y nuestra estancia cada vez eran más pronunciados. Sabíamos que era cuestión de minutos que finalmente se desprendiera de sus anclajes y acabara por ceder, dando paso libre a nuestros verdugos cuando Laura vociferó.

-¡Aquí!, ¡por el conducto de ventilación!, ¡cabemos por aquí!

No hizo falta mucho. Me coloqué a su lado y coloqué las manos con los dedos entrelazados. Como hacíamos de niños cuando queríamos saltar el murete de la finca del vecino para robarle las cerezas. Unos cuantos chavales nos reuníamos en épocas estivales para realizar este tipo de hazañas y pasar las tardes veraniegas dedicados al ocio.

Despreció el gesto y de un salto se agarró a la trampilla que cerraba el tubo cuadrado de aluminio que se adentraba en el falso techo. No parecía muy rígido que digamos pero peor hubiera sido si fuese una típica extracción de aire colgando del techo con endebles varillas de aluminio. Por suerte se trataba de un edificio relativamente moderno con todo el sistema de saneamiento de aire integrado en la estructura. Eso ayudaría a soportar el peso de dos personas.

Imité el proceder de mi acompañante y me agarré con todas mis fuerzas a la entrada del conducto. Era muy justo pero por suerte logré entrar justo antes de que la persiana cediese y todos los zombies entraran atropellándose unos a otros.

Nos arrastrábamos muy juntos, prácticamente me ponía los pies en la caca aunque avanzábamos tan coordinados que en ningún momento llegábamos a tocarnos. Despacio, buscando deslizar nuestras extremidades y evitando golpear la endeble chapa. Éramos conscientes de que en cualquier momento la fina escayola sobre la que se apoyaba aquel tubo de aluminio podría ceder y quedaríamos encerrados en un ataúd de metal a merced de las alimañas.

Una curva a la derecha. Había estado cientos de veces en aquel centro comercial de modo que empecé a mapear el terreno mentalmente en busca de una tienda similar a la que acabábamos de dejar. Sabía que la salida sería el momento más vulnerable y debíamos elegir bien dónde hacerlo.

A los pocos metros el camino se bifurcaba de nuevo y según mis cálculos a la izquierda nos situaríamos justo encima de una gran superficie de venta de ropa a bajo coste. Aquello estaría plagado, mejor a la derecha. Así se lo transmití a Laura que obedeció sin rechistar.

-Deberíamos estar sobre una joyería. Seguramente esté cerrada así que no deberíamos tener problemas. De todas formas me asomo yo primero, ¿vale?

Ella asintió y pasó de largo por encima de la trampilla. Tendría que ingeniármelas para abrirla sin hacer ruido y asomarme a ver cómo pintaba la cosa.

Traté de aflojar los tornillos a mano. Imposible. Estaba absorto en la maniobra cuando ella me interrumpió.

-¿En serio tío?

-¿Qué pasa?

-¿En serio te pones a cantar ahora?

-No estoy cantando. Háztelo mirar chica, anoche tampoco tarareaba…, yo creo que oyes voces en tu cabecita…

-¿Cómo dices?- Levantó la voz- Yo no me tengo que hacer mirar nada joder, si te digo que estas cantando es que estas cantando. Coño que estoy aquí delante.

-Vamos a ver.- Desistí de la maniobra airado- Que no estoy cantando, ni tarareando, ni ostias.

-Bueno, pues si no eres tú ni soy yo…

¡Un golpe a mi espalda! Había algo detrás de mí que se movía a toda velocidad.

-¡Mierda, mierda! ¡Corre!

Atropelladamente volvimos a arrancar la carrera. No me lo podía creer, ¿ese psicópata había estado con nosotros toda la noche y no nos habíamos dado cuenta?, ¿Cómo era posible que no lo notásemos?

Perdí la cuenta de los cruces que seguimos, ya no tenía ni la más remota idea de dónde estábamos pero avanzábamos sin mediar palabra, con el oído puesto a nuestras espaldas por si nos alcanzaba. A los pocos minutos nos quedamos sin aliento y dejamos de movernos. No se oía nada, fuera lo que fuese ya no nos perseguía, si es que lo había hecho en algún momento. Más bien creía que había huido en la dirección contraria en cuanto se dio cuenta de que lo habíamos descubierto pero el pánico del momento nos hizo actuar de ese modo y ahora había sido peor el remedio que la enfermedad.

-Tenemos que pensar en algo, -dije- no tengo ni idea de dónde estamos. Podríamos salir en cualquier tienda, o incluso en un pasillo y cagarla.

-¿Y qué podemos hacer?, en la siguiente rejilla nos asomamos a ver si reconocemos algo.

Empezaba a hacer calor allí dentro. Debíamos rondar el mediodía y al no haber electricidad los ventiladores no funcionaban de modo que no corría ni una ligera brisa. El sudor me entraba en los ojos que me ardían, me goteaba en las manos. El camino se estaba haciendo insoportable y yo tenía un terrible dolor de cabeza. Ella notó que algo me pasaba. Siempre he ocultado este tipo de cosas. Desde pequeño negaba las enfermedades hasta que los síntomas se hacían demasiado evidentes. Recuerdo una vez en concreto a los nueve o diez años de edad, que mi madre se enfadó mucho conmigo por aguantarme el dolor de garganta producido por una infección en las amígdalas. Tanto espere para confesar que estaba enfermo que la infección se volvió severa y terminé ingresado en el hospital una quincena.

El caso es que Laura se dio cuenta de que algo me estaba pasando.

-¿Estás bien?

-No es nada.

De pronto me dio un vuelco la cabeza y clavé ruidosamente el codo en el metal.

-No vamos a salir de esta si no me cuentas las cosas. Te duele la cabeza, ¿verdad?

-¿Cómo lo sabes?

-¿Cuánto hace que no bebes ni comes nada?, ¿pudiste comer algo en el hospital?

-No, no he comido nada. Bebí agua del lavabo antes de salir de la habitación. Esa es la última vez que yo recuerde.

-Has estado en coma. Tu cuerpo no tiene reservas de las que obtener energía y encima te estás deshidratando por minutos. Por eso te duele la cabeza, por eso te mareas y por eso empezaras a tener fiebre, vómitos, diarrea y perderás el conocimiento. Y si te pasa eso te dejaré tirado y seguiré mi camino, porque no puedo cargar contigo y no tengo ganas de ser la merienda de uno de esos bichos. Así que aguanta y vamos a salir, a ver si con suerte caemos en un restaurante para que te pidas un pincho de tortilla y podamos escapar de este puto centro comercial.

-Eres la reina de la empatía desde luego.

- ¿Y qué quieres de mí?, desde que te he encontrado se me han complicado las cosas infinitamente. Yo lo tenía todo controlado. No acercarse a las ciudades, coger sólo lo que pudiera cargar, no hacer ruido..., pero desde que te saqué del hospital me he caído por un puente, he terminado en una trampa mortal y me persigue sabe Dios qué loco que me canturrea al oído. Mira yo me salgo aquí. Necesito alejarme de ti cuanto antes.

Bajo mis rodillas una de las trampillas que daba acceso a los comercios. Por suerte no estaba atornillada, solo tuve que empujar y se abrió con un leve chirrido metálico.

Tras asomarme la miré sonriente.

-¿Dónde estamos?

No contesté. Tenía que pensar en cuál iba a ser nuestro siguiente movimiento pues lo que teníamos debajo podía ser nuestra salvación o nuestra tumba. Volví a sacar la cabeza para ver bien el interior. Parecía despejado. A lo lejos vi la persiana del establecimiento bajada. Se trataba de un local de ocio, de modo que muy probablemente todo había ocurrido estando cerrado.

Silbé hacia el interior. Nada. Sin mediar palabra me descalcé antes de descolgarme con precaución, aún podía haber alguno allí escondido así que pisé el suelo con todo el sigilo que fui capaz.

-¿Es un cine?

Efectivamente estábamos en la recepción del cine. Un amplio salón con las típicas cintas separando las colas para cada una de las salas, los carteles de las películas tamaño extra gigante por las paredes, incluso había un monigote grotesco de algún filme infantil de moda allí de pie, mirándonos con sus enormes ojos y su sonrisa de bobalicón.

En cuanto me hube asegurado de que estábamos solos me abalancé contra el mostrador de los snacks. Allí había todo lo que un goloso recién despertado del coma podía desear. Todo tipo de refrescos y dulces que, si bien lo único que harían era darme un aporte momentáneo de energía, la cosa no estaba precisamente para elegir. Sentado en la barra me decidí por unas palomitas rancias, unas chocolatinas y un refresco de cola.

-¿Tu no comes?

-No soy muy de dulces, gracias

-Tu misma.-Le dije.

Si aquella chica hubiera sido un poco menos arisca, por así decirlo, esa sería la típica situación que sale en las películas en la que hay un breve lapso en la trama para poner imágenes a cámara lenta de los protagonistas riendo y disfrutando de unos momentos de ocio, justo antes de que el villano entrase en escena para estropearlo todo. Pero por lo que se ve, no elegimos a nuestros compañeros de apocalipsis.

Ella paseaba en silencio mientras yo me llenaba el estómago con todo lo que tenía a mi alcance hasta que, finalmente se dignó a acercarse y sentarse a mi lado.

Capítulo V. *Pájaros.*

"¿Habéis escuchado eso?,

La salvación no está tan lejos

A diez kilómetros o menos de aquí.

No seamos tan ingenuos,

Mejor planear primero,

No arriesgar un solo pelo al salir.

Y que no sea un premio

Al mejor en el juego de sobrevivir"

Fragmento de "Pájaros" (Cervan).

-¿Sabes qué es lo mejor de todo esto?

-Que te encantan las palomitas rancias.

La mire por encima del hombro con un gesto de superioridad, por primera vez yo tenía un plan y ella estaba totalmente perdida, dándole vueltas a algo que no me decía. Pero yo sabía lo que estaba pensando.

-A ver, ¿cuál sería según tú el siguiente paso?

-Está claro, ¿no? Tendremos que hacer un mapa de dónde estamos aproximadamente, volver al conducto, arrastrarnos hasta la salida y rezar para no encontrarnos con ese loco. No se me ocurre nada mejor. También podemos quedarnos aquí y alimentarnos de chucherías hasta que se pudran los de fuera, pero no me hace especial ilusión verte la cara tanto tiempo así que prefiero mi plan.

De nuevo aquella simpatía natural…, qué manera de estropear la situación. Negué con la cabeza mientras hacía un ruidito similar a un timbre.

-Error.- dije.

Ella me miró sorprendida. Aquel cambio en mi actitud la cogió desprevenida y no contestó nada, una simple mueca bastó para que me diera por aludido y me explicase.

-Esto es un cine. Un espacio con mucho aforo permitido dentro de un gran edificio. Este tipo de negocios se sitúan habitualmente pegados a la pared de la nave por una razón.

-¡Tiene que haber una salida de emergencia!

Por fin me regaló una sonrisa. La verdad es que era una chiquilla guapísima. No me había dado tiempo a mirarla de aquel modo hasta ese momento. Tenía los incisivos grandes y un poco separados, ínfimo defecto para una cara tan dulce. Se levantó de golpe.

-¡Buen trabajo!, al final vas a ser hasta casi listo.

Me guiñó un ojo y se puso a examinar las paredes en busca de la puerta. Por el recibidor no iba a estar, evidentemente, así que hice lo propio y me dirigí al pasillo que lleva a las salas.

Efectivamente, estaba al pasar la sala de proyección número tres, bajo un cartel fluorescente que indicaba una flecha hacia el exterior.

Colocados con las piernas flexionadas, listos para la carrera hacia donde fuera que no hubiese zombies, nos miramos. Sin emitir un solo sonido comencé la cuenta hasta tres que nos daría la señal de salida. Uno. Mi corazón ya estaba a mil por hora, respiraba acelerado, el miedo se había apoderado ya de mis piernas que temblaban sin parar. Deseaba con fervor no tener que hacer lo que estábamos a punto de hacer pero sabía que no había más opción. Dos. Ya habíamos empezado a transpirar y mis manos se aferraban con fuerza a la barra que accionaría el mecanismo. Tre…,

Algo nos detuvo. Un ruido de estática muy cerca seguido de una voz. ¡Una voz humana! Una persona estaba retrasmitiendo algo por un transistor.

-¿Has oído eso?

-Sí, yo también lo he escuchado. Parece una radio

Desistimos de la huida de forma momentánea ya que aquel incidente había acaparado toda nuestra atención y tratamos de localizar el aparato guiándonos por el oído pero ya no se escuchaba.

-Tiene que estar.

-Shh.- me hizo callar.

Deambulamos por el corredor con la esperanza de que el aparato volviera a sonar y que no estuviera metido en alguna sala de proyección. En un apocalipsis zombie cuantas menos puertas abras mejor.

Por desgracia esta esperanza se desvaneció en cuanto volvió a sonar en la sala número tres.

-Está muy cerca. Igual se la dejó encendida algún acomodador en la puerta. O igual es un walkie talky…, por favor que sea un walkie- Pensé en voz alta.

Con extrema cautela empujé la puerta corredera y entonces lo vi. No se trataba de un acomodador sino de un policía. Un hombre uniformado y armado que yacía en el suelo enmoquetado, cubierto de sangre.

-Se ha pegado un tiro.

Tenía la reglamentaria aún en su mano derecha, agarrada con fuerza y una herida con forma circular en la sien del mismo lado. Tumbado boca arriba, con los ojos cerrados y la boca abierta, se lo estaban comiendo los insectos sin que nadie fuera a darle digna sepultura. En su hombro izquierdo un walkie que sonaba intermitente con señal débil, además el piloto rojo que señalaba nivel bajo de batería estaba parpadeando constantemente.

-Apágalo, rápido. Antes de que se quede sin carga. En cuanto salgamos de aquí y subamos a un alto lo escuchamos.

-Pero…

-Hazme caso.- insistió. Aquí no vamos a conseguir escuchar nada y vamos a acabar gastando la pila. Es nuestra única oportunidad de encontrar a alguien con vida.

Obedecí a regañadientes. El plan volvía a ser el mismo, abrir la puerta y salir corriendo como alma que lleva el diablo, pero ahora nos íbamos de allí con un regalito maravilloso. Aquello nos había llenado de esperanzas, sabíamos que significaba que no estábamos solos, que todo podía arreglarse, que podríamos volver a una nueva normalidad. Evidentemente no íbamos a recuperar nuestras vidas pero el rayo de esperanza fue suficiente para espolearnos y llenarnos de una energía que creíamos desaparecida.

-Vía libre.

Trotamos. Por delante sólo unos metros de aparcamiento exterior y una verja que saltar para llegar a una carretera secundaria. A partir de ahí sólo tendríamos que buscar un coche y con suerte alejarnos de todo aquello, encender la radio y hablar con nuestro salvador. Todo perfecto hasta que un gemido detrás me sacó de mi error.

-¡Mierda! ¡Estaban a la sombra!

Un grupo de muertos vivientes estaban resguardándose del sol, pegados a la pared este del edificio, de forma que al salir los dejamos justo a nuestra espalda. Nos perseguían a velocidad moderada. Como los podridos de la entrada del centro comercial no representaban una amenaza inminente pero debíamos acelerar para ganar tiempo a la hora de saltar la verja. A sprint llegamos enseguida. Ella, ágil como siempre escaló enseguida encajando las punteras de las zapatillas en los rombos que formaban la malla metálica pero yo lo tuve más complicado. Me agarré con fuerza pero no lograba encontrar apoyo y mis pies resbalaban constantemente. Se acercaban. El nerviosismo se estaba apoderando de mi cuando, en un alarde de fuerza física que no sabía que tenía, levanté todo mi peso con los brazos y escalé hasta dar la vuelta por encima justo antes de que llegaran.

Nos miraban agarrados a los alambres. Sus ojos prácticamente se les salían de las cuencas, salivaban, mordían al aire en un pésimo cálculo mental de la distancia que nos separaba. Pude entonces examinarlos detenidamente. Eran mucho más repugnantes de lo que se representa en las películas. Me asqueaba ver cada herida separando la piel de sus rostros, larvas de insectos merodeando por ellas y alimentándose de su carne muerta. Sus bocas ennegrecidas, sus lenguas, sus dedos rompiéndose y rasgándose en los hierros sin que hicieran la más mínima mueca de dolor. Aquello era antinatural. Aunque lo intenté, no fui capaz de ver personas en aquellos seres aun siendo consciente de que lo habían sido. Distinguí un guardia de seguridad, dos dependientas, personal de limpieza…, eran trabajadores del local que habían muerto allí solos, sin que sus familias pudieran si quiera despedirse de ellos y velarlos debidamente. Simplemente habían dejado de existir y se habían transformado en aquella abominación que ahora se apiñaba frente a nosotros.

-Esta malla no aguantará mucho. Los muertos llaman a los muertos.

Emprendió el camino. Esa chica no paraba nunca, no se daba un momento de respiro entre crisis y crisis. Supongo que era la clave de su supervivencia. En el mundo de los zombies si te relajas la palmas. Esa podía ser mi nueva norma.

Capítulo VI. *En el río.*

"En el río la corriente invita a navegar.

Aquí persigo preguntas que me ocultan la verdad.

Esta vida dura lo que un ciclo de agua,

mejor disfruta, no sabes nunca,

cuándo va a terminar.

A veces pasa que no sabemos nadar,

la corriente arrastra, al fondo una luz celestial.

Solo queda ver tu vida como en la tele,

que tengas suerte y hayas sido feliz de verdad."

Fragmento de "En el río" (Cervan).

Por delante una travesía por el asfalto agrietado de una carretera rodeada de vegetación. Un par de viviendas unifamiliares a la vista y alguna finca dedicada al cultivo eran nuestras únicas posibilidades de abastecernos o proveernos de un vehículo pero la situación era prometedora. Ni un solo bicho a la vista, con una refrescante brisa que incluso nos favorecía, ya que nos empujaba en la dirección del avance.

Ninguno decía nada, nos concentrábamos en disfrutar del momento de paz ya que sabíamos que no duraría demasiado. La situación me hizo evocar de nuevo mis años mozos cuando cogíamos la bicicleta a primera hora de la mañana y nos íbamos unos cuantos a deambular por caminos de cabras, comíamos un bocadillo, bebíamos en las fuentes naturales que conocíamos cerca de los regatos y nos divertíamos tanto como se divierten los críos de hoy en día con las videoconsolas o navegando por internet.

Lo mejor, el sonido. Ese sonido al viento pasando entre los árboles, a insectos zumbándonos cerca de las orejas y a pájaros cantando en la lejanía sin un ápice de contaminación acústica provocada por las máquinas del hombre moderno. La libertad de saber que caminases por donde caminases no había ningún riesgo de que te arrollara un coche, el poder jugar a la pelota durante horas en medio de la carretera y no ver el partido interrumpido en ningún momento. Aquello se había ido perdiendo de forma paulatina con el paso de los años sin que siquiera nos diéramos cuenta. Asumíamos como normal todo lo relacionado con el "progreso" y nadie se paraba a pensar hacia dónde íbamos.

Esta vez sí me di cuenta. Estaba canturreando en voz alta. Laura me miraba con los ojos muy abiertos, esperando a ver mi reacción. Incluso pude oír el rechinar de sus dientes justo antes de empezar a chillar mientras golpeaba con el pie en el suelo con todas sus fuerzas una y otra vez.

-¡Estás loco joder!, ¡estás mal de la cabeza! ¡Yo pensando que nos perseguía sabe dios qué clase de animal y eras tú todo el tiempo!

La mire suplicando que me perdonase. No lograba entenderlo, ¿cómo pude haber canturreado en voz alta en situaciones como aquellas y no darme cuenta?

-Te juro…

-¿Que me juras?, ¿qué es lo que me juras? Encima es siempre la misma puta cancioncita. –La tarareó en un tono exageradamente alto para dejar claro que hasta ella se había aprendido la melodía.

-Hasta ahora no me había dado cuenta, en serio.

-Pues entonces estás peor de lo que pensaba, macho. Mira, en el siguiente cruce de caminos tú te vas para un lado y yo para el otro. De verdad que no quiero volver a verte en mi vida.

Siguió refunfuñando durante un buen rato en voz baja y aunque, de vez en cuando intentaba prestar atención para descifrar lo que decía, no fui capaz de averiguarlo.

No tardó en llegar el momento de la separación. A los pocos metros el camino se partía en dos y cada uno iría por un lado. No tenía idea de discutir, simplemente pensaba ralentizar el paso para ver hacia dónde iba ella y girar yo hacia el otro lado. Decidió seguir por la derecha. Resoplando, emprendió el camino mientras miraba cómo se alejaba, pensando en qué iba a hacer sin mi compañera. ¿Cómo iba a sobrevivir en aquel mundo tan diferente al mío?, ¿cómo iba a saber qué hacer a partir de ese momento? Me embargó una sensación de pesadez en el estómago, como cuando te dan la nota de un examen que creías aprobado y resultar estar suspenso. Ese sentimiento de impotencia ante una situación imposible de manejar. Cerré los ojos con la cabeza hacia arriba, respiré hondo y empecé a caminar.

-¡Espera!

Me detuve en seco.

-¡El walkie!, ¡se nos ha olvidado encender el walkie!

Corría, deshaciendo el camino con una sonrisa de oreja a oreja, gesticulando con su mano derecha, simulando hablar por teléfono. Como dos chavales que se pelean a muerte, que se arañan y dan patadas en medio de una discusión acalorada por cualquier estupidez y a los diez minutos vuelven a ser los mejores amigos de por vida, nos juntamos. Nos mirábamos sonrientes. ¿Cómo habíamos podido olvidarnos del walkie talkie?

-¿Estás lista?

Asintió expectante y giré el potenciómetro junto a la antena. Oímos el click que indicaba que estaba encendido y seguí dándole vueltas al pequeño pedazo de plástico con sumo cuidado, hasta que el volumen se hizo audible.

Envuelta en estática una voz de mujer repetía el mismo mensaje una y otra vez.

-"Estamos vivos. Hemos levantado un campamento en la salida norte de la ciudad, antes de entrar en la carretera nacional. Estamos fortificados, tenemos agua corriente y comida de sobra. ¡Venid!, seréis bien recibidos. Juntos empezaremos desde cero."

No era lo que esperábamos. Estábamos escuchando una grabación en bucle una y otra vez. Podría llevar repitiéndose semanas y estar todos muertos o podría existir un refugio sin zombies donde la gente estuviera empezando una civilización en este mundo devastado.

-¿Qué hacemos? Podría no haber nada

-Lo más probable es que no haya nada.- Dijo decepcionada.

-¿Cómo lo sabes?, yo creo que te equivocas, tienen que estar allí, tenemos que ir Laura, por lo menos a verlo con nuestros propios ojos.

Asintió al tiempo que emitía un largo suspiro. Yo sabía que lo más seguro era que tuviese razón, que sólo encontraríamos un campamento invadido y destrozado pero qué íbamos a hacer si no. En el peor de los casos por lo menos podríamos intentar hacernos con un coche.

-Vamos, no está lejos.

Ya estábamos a medio camino, solo teníamos que continuar un par de kilómetros y encontraríamos la carretera general y llegaríamos a la salida en cuestión en dirección a la ciudad. No tenía pérdida.

No era necesario correr pero tampoco podíamos relajarnos si queríamos llegar antes de que anocheciese. Los dos teníamos claro el itinerario e íbamos atentos a cualquier posible intromisión no deseada en nuestra excursión. Incluso Laura comenzó a hacer bromas y a cantar la dichosa cancioncita. Nos preguntábamos de dónde habría salido, si sería algún anuncio televisivo o parte de algún disco famoso. Yo no era capaz de recordarlo cosa que me ocurría con frecuencia. A menudo me quedaba con una melodía resonando una y otra vez en mi cabeza y era incapaz de averiguar a qué canción pertenecía. Normalmente estribillos pegadizos provenientes de algún spot, o algo que hubiese escuchado en el autobús de camino al trabajo.

El conductor de la línea seis, la que cogía cada día a las cinco de la tarde, tenía un gusto musical muy particular. A pesar que las normas de la empresa le obligaban a no llevar música y utilizar los altavoces de cabina sólo para avisos como los nombres de las paradas, él siempre ponía música de los setenta. Grupos de rock progresivo que a mí me encantaban, que me animaban la tarde antes de empezar mi jornada laboral. También era un músico impresionante, alguna vez fui a verle a algún concierto de su banda de la que era el guitarrista, lo que daba pie al sobrenombre que le teníamos todos los asiduos a su transporte: Otto.

De pronto la vegetación a nuestra derecha empezó a sacudirsc violentamente. De entre los matorrales apareció un zombie moviéndose con dificultad. Le faltaban parte de las dos piernas y avanzaba apoyando los muñones bajo las rodillas y los codos, extendiendo las manos con los dedos estirados y gimiendo débilmente. Su espalda se arqueaba de una forma impresionante y el abdomen estaba completamente hundido. No vestía más que unos pantalones hechos trizas y desabrochados que dejaban ver más que tapaban.

-Anda que curioso el rigor mortis.- Sonrió

Yo no me di cuenta de a qué se refería hasta el último momento pero no me pude regodear en la broma porque detrás venían dos más. Otros tres aparecieron a través de los árboles a nuestra espalda. Apresurados tratamos de seguir nuestro camino pero estaban saliendo también más adelante.

-¡Es una horda!, ¡vienen por el bosque!

Hicimos lo único que podía hacerse, aventurarnos por el único frente libre, avanzando todo lo rápido que podíamos entre la maleza. No nos quedó otro remedio que adentrarnos en una zarza enorme que nos arañaba por todas partes y era tan espesa que no se veía el final. A cada paso nos costaba más continuar y nos pisaban los talones. A ellos no les dolía…

Finalmente logramos salir allí aún con cientos de espinas clavadas en piel y ropa y totalmente ensangrentados. No estábamos fuera de peligro, muchos habían conseguido atravesar el muro vegetal y casi los teníamos encima. Salían de detrás de los árboles, trataban de agarrarnos aunque enseguida nos zafábamos y continuábamos la carrera esquivando ramas y raíces. Ya no podíamos parar, ellos seguirían en la misma dirección y no sabíamos cuántos había, de modo que continuamos corriendo sin parar hasta que ambos quedamos sin aliento.

-Necesito parar un segundo. —Dije apoyando las manos en las rodillas tratando de recuperarme.

-No te pares, podrían estar al llegar. Podrían rodearnos.

-¿No decías que se apiñaban en las ciudades?

-Eso pensaba. Parecen estar migrando. Es como si de repente un grupo se hubiera puesto de acuerdo para desplazarse. No tengo ni idea de qué puede haberlo provocado.

No me satisfizo para nada la explicación pero no era momento de ponerlo en duda, ya se oían pasos cerca y reanudamos la marcha.

Frente a nosotros apareció uno de la nada aullando con los ojos inyectados en sangre. Aquel no estaba desfallecido sino lleno de energía y venía directamente como un poseso. Frené en seco derrapando en la tierra suelta del monte. Cada uno de nosotros hizo un quiebro brusco hacia un lado para sortearlo y él se decidió por perseguirme a mí a toda velocidad. Ya lo tenía encima cuando de golpe, dejó de correr y su torso se desprendió por los aires, quedando sus dos piernas atrapadas en un enorme cepo que alguien había escondido bajo el follaje.

La mitad superior del zombie aún me perseguía arrastrándose con los brazos y moviendo la cadera, con la ansiedad por alcanzarme intacta aunque, por suerte ya estaba fuera de peligro. Jamás me alcanzaría en ese estado. Respiré aliviado pero la alegría no duró mucho tiempo. Alertado por un grito de Laura me zafé de otro captor que se abalanzaba por detrás, la horda había llegado hasta nosotros y teníamos que seguir huyendo.

De nuevo, pusimos tierra de por medio lo más rápido posible hasta que se acabó el terreno. El río nos cerraba el paso y no quedaba más opción que elegir hacia qué lado continuar.

-¿Qué hacemos?, ¿izquierda o derecha?

-Izquierda- Contesté.

Pensé que, siendo prácticos, sería mejor huir cuesta abajo aunque no sirvió de nada ya que a los pocos minutos unos cuantos muertos nos cerraron el paso, mas otras dos decenas que divisamos al dar la vuelta. Estábamos rodeados, no había más opción que lanzarse al agua y rezar para que no supieran nadar.

La corriente era fuerte pero no lo bastante para causarnos problemas, no así con los que nos perseguían que se los llevaba como si se tratase de hojas en otoño. Ellos estiraban los brazos y lentamente trataban de mantenerse a flote pero eran incapaces de desplazarse. En cuanto dejaban de tener suelo firme bajos sus pies se iban río abajo.

Exhaustos nos tumbamos en la orilla a disfrutar del espectáculo. Eran cientos y no paraban de llegar más y más, y todos caían en la misma trampa una y otra vez. Aquello tenía algo de hipnótico, como cuando te quedas embobado mirando el vaivén de los peces de un acuario. Como ellos, los zombies abrían y cerraban la boca como si mordieran el agua, que les entraba en los pulmones hinchándolos, haciendo que se fueran hundiendo poco a poco a medida que se reemplazaba el aire de su interior por líquido.

Peli de zombies en Si bemol

Capítulo VII. *Frénales.*

"Frénales, no importa cómo frénales.

Si nos desean el mal, lancémoslos al mar."

Fragmento de "Frénales" (Cervan).

-Vámonos.

Se levantó de un salto mientras yo seguía tirado reponiéndome del esfuerzo. Rodé sobre mí mismo en una exageración de mi incapacidad para moverme, a lo que ella respondió con una mueca de disgusto. Esa energía me parecía digna de admiración, un poco cargante pero digna de admirar no obstante. En el poco tiempo que habíamos compartido había podido comprobar esa intensidad en un par de ocasiones y empezaba a resultarme tremendamente atractiva.

La miraba desde atrás mientras caminábamos, escudriñando su figura atlética pero tremendamente femenina. Era como un tsunami entre la maleza esquivando, rompiendo y doblando todo lo que se interpusiera entre ella y su destino. Así de fuerte y decidida era Laura. Para mí se volvió evidente que no podía perderla por muchas cancioncitas que me dedicara a tararear de forma inconsciente.

Quise iniciar alguna conversación para estrechar lazos. Acercarme a ella de una manera más íntima, pero no se me ocurría nada que decir. Siempre he sufrido lo que yo llamaba jocosamente trastorno de timidez selectiva. Con las chicas que no me interesaban más allá del físico o de aprovecharme de su cuerpo un par de horas, era un tío encantador pero en cuanto tenía alguien interesante delante, alguien con quien pudiera llegar a plantearme volver a ver un una hipotética segunda cita, me bloqueaba completamente, me sudaban las manos y acababa hablando de cosas inoportunas o nimias para finalmente volver abatido a la soledad de mi cama y regodearme en mi desgracia.

-Bueno, está bien que tengamos compañía. – Dijo entre risitas.

A nuestra izquierda todavía navegaban los cuerpos de la manada braceando y gimiendo, locos por alcanzar lo que les era imposible.

-Sí, tienes razón. En su favor tenemos que reconocer que son tenaces. Cualquier otro tipo de depredador ya se habría rendido o estaría merodeando por sus territorios en busca de otra gacela.

-¿Gacela?, ¿es un piropo?

-No…, no me refería…

Ella se rio coqueta al escuchar mi voz temblorosa.

-Mierda, ya se ha dado cuenta. – Pensé.

-Mira qué suerte. Ahí está la carretera general.

Salvado por el paisaje, aquello acabó con el momento incómodo y aceleramos el paso con cautela. Sigilosos, nos acercamos al camino empedrado que subía desde el cauce del río hasta el puente que permitía que los coches cruzaran sobre él y miramos a ambos lados.

-Limpio. Ahora solo es seguir recto un par de kilómetros y llegaremos a tu campamento. Pero insisto en que no te hagas ilusiones. Yo no las tengo.

-Yo no creo que sea hacerse ilusiones. Más bien es tener esperanzas.

-Mi pequeño padawan…, llevo unos mesecitos más que tú en esto. Confía en mí, es imposible. No nos vamos a encontrar con nadie viv…

Tamaña sorpresa ante nosotros. Una motocicleta se acercaba en dirección contraria, rompiendo el ruido de su motor la paz de aquel lugar.

-¿Los zombies andan en moto?- Pregunté en tono sarcástico.

Sonriente agitaba los brazos y gritaba, feliz de encontrar otra persona que, además venía de la dirección en la que se encontraba el campamento. Me sentía pletórico no solo por tener razón, sino porque todo aquello terminaría y entraríamos en una dinámica más social, más propia de seres gregarios y civilizados. Al menos yo no estaba diseñado para una vida de lobo solitario yendo de un lado a otro recolectando sobras para sobrevivir.

Desaliñado, vestido de negro y con gafas de sol, portaba una escopeta cruzada en el pecho. El típico hombre duro de las películas, el que va de malo y distante pero al final termina siendo un sentimental que se gana el corazón del espectador. Me miraba directamente mientras se mesaba la barba sin decir nada.

-Nos alegramos de verte tío. –Solté.

-Así que os alegráis de verme.

Detuvo nuestra conversación para presionar el botón de un walkie talkie que tenía enganchado al cinturón.

-Eh, venid hasta aquí, he encontrado algo.

-Espero que sea bueno.- Contestó la voz del aparato.

-Así que os alegráis de verme…

Giré la cabeza hacia mi compañera esperando algún apunte más en la conversación y me quede petrificado al ver su expresión. Estaba completamente seria, cabizbaja, evitaba por todos los medios hacer contacto visual con aquel hombre mientras daba pequeños pasitos hacia atrás.

-Pues yo también me alegro mucho, cariño.

Mientras decía aquellas palabras deslizó su mano a la culata de la escopeta que resbalaba por su espalda. Su otra mano esperaba al cañón justo delante de su pecho que acabaría cayendo encima.

Todo ocurrió muy rápido, apenas me di cuenta de aquel gesto cuando Laura ya estaba corriendo a toda velocidad en dirección contraria al grito de ¡corre!

Solo había podido flexionar las piernas. Mi cerebro aún no había enviado el mensaje a mis cuádriceps de que se pusieran en marcha cuando, a toda velocidad, un puño se estrelló en mi cara y volvió todo de color negro.

Desperté en el asiento trasero de un coche, maniatado y con un terrible dolor en el rostro y la cabeza. No podía respirar por los orificios nasales y todo me sabía a metal.

Aquella bestia parda me había roto la nariz y me había dejado KO de un golpe.

A mi lado Laura estaba inconsciente e inmovilizada.

Cada bache en que el vehículo rebotaba sobre su suspensión hacía retumbar mi cerebro como si estuviera suelto en el interior, como si la agresión hubiera roto algo por ahí dentro y se hubiese desprendido de las paredes de mi cráneo.

En los puestos delanteros había dos hombres. El que conducía, que se parecía mucho al de la moto llevaba melena larga, barba tupida y vestía completamente de negro, en cambio el otro iba embutido en un traje impoluto de color beige, con una camisa de lino blanco sin cuellos abierta hasta el pecho. Tenía la cara redonda y morena, los ojos oscuros y un ridículo bigotito adornaba su labio superior.

-¿A dónde nos lleváis? – dije con la voz rota.

-Buenos días bella durmiente. –Me contestó el copiloto.

Al ver su aspecto me hubiera esperado un marcado acento, al más puro estilo de una película de narcotraficantes pero no fue el caso.

-Parece que hemos empezado con mal pie. – Continuó- Tienes que disculpar a Óscar, es un poquitín bruto pero de buen corazón.

-¿Un "poquitín bruto"? Me ha roto la nariz la mala bestia.

El conductor se giró bruscamente con el brazo en alto con intención de reprenderme por el comentario pero su compañero siguió hablando, alzando descaradamente la voz para detener la agresión.

-Como he dicho, hemos empezado con mal pie.

La rabia me comía por dentro pero logré mantener la compostura lo suficiente como para formular una pregunta más.

-¿Qué queréis de nosotros?

-Amigo mío. Permíteme que te explique. Tenemos un campamento fortificado al final de esta carretera. Todos los días luchamos mucho con los cabrones esos para mantener a nuestra gente a salvo. Recolectamos comida, armas, hemos construido tuberías…. Pero por desgracia tenemos un problema y es que hay ciertas cosas que no nos gusta mucho hacer. ¿Me entiendes no?, somos soldados...

No tenía muy claro cómo procesar todo aquello. ¿Qué me estaba diciendo?, ¿qué quería exactamente?, ¿ponernos a hacer el trabajo doméstico de su campamento?

-Y, ¿para ponernos a fregar los platos es necesario secuestrarnos?, lo habríamos hecho igualmente. Yo pensaba encontrarme con una comunidad en la que todos colaborasen en algo…

-Qué bonito es eso que dices amigo. Precisamente es lo que queremos construir en el refugio, un lugar donde empezar de cero todos juntos, tal y como dice la grabación.

-¿El mensaje es vuestro?

-No del todo.- Dijo mientras negaba con la cabeza- más bien es de los que estaban antes.

-¿De los que estaban antes?

-Digamos que los anteriores dueños de nuestra casa no la sabían cuidar muy bien.

El conductor emitió una risita que fue acallada inmediatamente.

-Ya hemos llegado.

Ante nosotros una construcción metálica de tres metros que hacía las veces de muralla. Sobre la puerta, subidos a unas plataformas de madera dos hombres armados nos daban paso al patio, cerrando violentamente las puertas una vez nos hayamos dentro. Nos desplazamos en el coche unos cien metros de camino de tierra, rodeado por los dos lados de terreno labrado en el que no se veía un solo brote. Las malas hierbas se apoderaban de los surcos en los que debían estar los vegetales, evidenciando que no sabían trabajar el campo.

Al fondo, una enorme mansión. De estas casas que salen en las revistas o en los programas de curiosidades, en los que el dueño o inquilino muestran orgullosos cada peculiaridad de sus ostentosas moradas. De arquitectura clásica y revestida íntegramente en piedra de color blanco, con enormes ventanales cerrados y sin balcones, dos alas anexas a un edificio central que se elevaban tres alturas. Un enorme porche levantado sobre columnas otorgaba sombra a un espacio lleno de sillones y mesas de café ideal para momentos de ocio. Jardines, piscina, canchas deportivas. Todo lo que un rico puede desear tener para no usar más que una o dos veces en la vida completaba los aledaños.

Aparcamos frente a la puerta principal. Varios vehículos desentonaban junto al nuestro en aquel lujoso ambiente. El barro y la precaria situación de los mismos los hacían estar fuera de lugar, al menos si uno pensaba en los viejos tiempos.

Por la ventanilla vi acercarse al individuo de la motocicleta con cara de pocos amigos. Abrió la puerta con violencia y agarró el pedazo de cuerda que quedaba entre mis dos manos. Su puño cerrado cabía justo entre mis dos muñecas como si el nudo hubiera sido hecho con esa intención.

Tiró de mí con tal fuerza que me sacó de un gesto haciéndome caer de bruces en el cemento y comenzó a andar sin soltarme ni darme, siquiera la opción de colaborar.

-¡Espera joder!, ¡que no me voy a ningún sitio!, ¡déjame por lo menos que me levante!

Hizo oídos sordos a mis súplicas mientras yo me las apañaba para incorporarme y empezar a trotar detrás de él, que no aflojaba ni un ápice.

- ¿Y mi amiga? ¡Oye!, ¿qué vais a hacer con mi amiga?

En ese momento caí en la cuenta de lo que estaba pasando. No me querían para nada, sólo fui un daño colateral, una garrapata que venía enganchada a lo que realmente buscaban. Empecé a imaginar en lo que planeaban hacerle a Laura y la rabia se apoderó de mí. Forcejeaba, estiraba, intentaba reunir toda la fuerza posible y usar mis piernas para detener al tren de mercancías que me arrastraba pero no logré tan siquiera ralentizar su paso. Para él no era más que un trapo y todos mis intentos por zafarme el viento que lo hacía hondear.

Al entrar la plaqueta brillaba a pesar de la suciedad que tenía acumulada encima, los muebles de madera robusta vestían un recibidor más grande que toda mi casa. En ese momento desistí y me dejé caer para que me arrastrara por aquel carísimo suelo hasta donde fuera que me llevase. Bajo las escaleras unos cuantos armarios con puertas de madera de pino cuidadosamente barnizadas, incluso el pasillo estaba decorado con obras de arte refinadísimas y daba sensación de amplitud. Finalmente, antes de llegar a la cocina, a la derecha, abrió una habitación. Tan lujosa como las anteriores, una cama cuya medida no había visto nunca, cortinas rojas de terciopelo, el suelo enmoquetado en gris, y las paredes lisas pintadas de un color que no sabría nombrar pero todo el conjunto denotaba elegancia y sofisticación salvo por un detalle. Junto a la pared, colgando de un radiador unas esposas enganchadas por una de las argollas al tubo por el que circula el agua caliente, me esperaban.

Cerró la puerta con cuidado dejándome allí con las manos aún atadas y esposado por una de ellas. Sentado en el suelo y con la luz apagada, a la espera de que alguien llegase con noticias de qué pensaban hacer conmigo.

Me revolví pensando de nuevo en los aviesos planes que tenían para Laura. Lo único que me venía a la mente era mi preciosa amiga con la ropa rasgada siendo manoseada y violada por aquellos monstruos que, viendo los modales que habían tenido conmigo, no creía que fueran a mostrar la más mínima compasión hacia ella.

Golpeé con fuerza el metal una y otra vez, a sabiendas de que no valdría de nada, hasta que comencé a sangrar por las muñecas. Exhausto me quedé dormido.

-Hola princesa.

Un hombre delgado, con barba de varios días, rubio y con las cejas pobladas que me sonreía embobado muy cerca de mi cara. Me agarraba con fuerza la mandíbula mientras exhalaba un fétido aliento directamente en mi boca.

-¿Qué tal ha dormido mi princesa?

No le contesté, suficiente trabajo me estaba dando no vomitar en aquel momento como para pensar en una réplica mordaz.

-¿Sabes qué pasa princesa? Aquí somos muchos hombres y no todos están dispuestos a ayudar a los demás en ciertos asuntos.

Mientras hablaba bajó sus dos manos al cinturón y empezó a desabrocharlo lentamente.

-Y claro, llegas tú con tu carita de princesa y un agujerito tierno y prieto para jugar.

¿En serio?, ¿aquel esperpento planeaba violarme a mí? Lancé una patada directamente a su entrepierna con la esperanza de quitarle las ganas de golpe pero lo esquivó sin dificultad.

-Así que la princesita tiene carácter...

Me agarro del cuello con una fuerza descomunal, clavándome tanto las uñas que la piel me ardía, notaba fluir mi sangre y no podía respirar. Con sus piernas paró un segundo ataque y me sujetó con la mano que tenía libre, inmovilizándome por completo.

-Vamos allá, a partir de ahora vas a ser la princesita de todos. Cada vez que alguien tenga ganas de follar va a venir a esta habitación y te la va a clavar hasta correrse. Esa es tu función en el nuevo mundo princesita, eres el chochito de todos los hombres. ¿Es justo no?, nosotros te protegemos, es lo mínimo que nos puedes dar a cambio.

No pude hacer nada por impedir que me colocara de rodillas y empezara a tirar de mis pantalones. La impotencia hizo que se me saltaran las lágrimas, cosa que pareció motivarlo todavía más. Estaba listo para lo que pudiera ocurrir cuando, de repente sonó una alarma en el exterior.

-¡Mierda!

Me soltó de golpe y se alejó hacia la puerta.

-Esto no ha terminado princesita. Después vuelvo y te doy lo tuyo.

Me guiñó un ojo y salió dejando la puerta abierta.

Soldados armados con armas de calibres que jamás había visto pasaban una y otra vez por el pasillo a toda prisa. Gritaban, se daban indicaciones mientras la bocina del patio no paraba de sonar. Los disparos reverberaban como si estuviesen dentro de la habitación mientras yo trataba desesperadamente de zafarme. ¡En plena invasión yo atado a un puto radiador!

-¡Han entrado por ahí!

-¡Matadlos, frenadlos!

Continuamente noticias devastadoras llegaban a mis oídos que cada vez dejaban más claro que mi situación era la más precaria que había vivido hasta ahora. ¿Dónde estaría Laura?, ¿estaría esposada a algún sitio como yo? Tenía que salir de allí y ayudarla.

Los tiros se oían cada vez más cerca. Una ametralladora resonaba en el porche acompañada de un alarido al estilo "Rambo", que hacía retumbar las paredes.

Logré apoyar una pierna en la pared y me preparé para hacer un último esfuerzo. Yo mismo dejé escapar un sonido gutural mientras tiraba con todas mis fuerzas. Fue inútil. Derrotado apoye la cabeza en la pared con los ojos cerrados preparándome para lo que, sin duda, se avecinaba. Antes o después entrarían en la casa.

Escuché con total nitidez los gemidos ahogados de uno de los pistoleros siendo devorado junto a la entrada principal. Hacía gárgaras con su propia sangre, apagándose al tiempo que lo destripaban. Solo oírlo era devastador...

Entonces abrí los ojos y lo vi. El radiador estaba apoyado sobre dos soportes en la pared. Coloqué mi pie debajo e hice palanca hasta que todo el aparato se salió de las piezas metálicas y calló a plomo sobre mi tobillo. Pensé que me lo había roto pero aunque así hubiera sido no me habría preocupado en absoluto. Me tumbé y logre hacerlo pasar entre mis brazos quedando al fin, libre.

Peli de zombies en Si bemol

Capítulo VIII. *Peli de zombies en Si bemol.*

"El silencio me quema por dentro.

No lo entiendo, no sé detenerlos.

No veo nada alrededor.

No puedo creer que me pase otra vez,

doy un salto

y empiezo a correr

como un loco y sin saber muy bien

que poco a poco y sin un porqué

los muertos andan solos qué desolación.

Peli de zombies en Si bemol."

Fragmento de "Peli de zombies en Si bemol" (Cervan).

Cojeando accedí al pasillo. Sabía que tenía que ser cauteloso pero no había tiempo que perder. Debía encontrar a Laura y salir de allí lo antes posible si queríamos seguir con vida.

No podía gritar o llamaría la atención de todos los muertos y estaría perdido así que mi única posibilidad era registrar la casa habitación por habitación hasta dar con ella.

El corredor se me hizo infinitamente largo. Había puertas y más puertas que daban a las habitaciones más variopintas: el gimnasio, la lavandería, el acuario…, hasta una sala de proyecciones con sus butacas de cine y máquina de palomitas incluidas. Al fondo, tras una enorme cristalera que hacía las veces de puerta corredera se encontraba la sala de estar. Una enorme estancia decorada con el mayor de los lujos. Una iluminación muy cuidada que separaba virtualmente las zonas de lectura, televisión, descanso y música.

Me adentré titubeando, obnubilado por tamaño alarde de poder monetario y la vi. Sentada ante un maravilloso piano de cola perfectamente lustrado, con los ojos cerrados ejecutando sin tapujos la maldita melodía que no había parado de canturrear.

La llamé pero sólo conseguí que aumentara el volumen de su interpretación y pusiera una expresión muy intensa como si estuvieran aflorando en ella gran cantidad de sentimientos.

A pesar de las señales no abría los ojos, era imposible que no supiera que estaba allí pero aun así me acerqué decidido a llamar su atención a cualquier precio. No podía permitir que muriese descuartizada por mucho que estuviera en estado de shock por Dios sabe las cosas que le hubieran hecho los soldados.

Ya estaba junto a ella pero no paraba de tocar cada vez más alto, enfatizando más las notas que marcaban el tempo de la canción como si quisiese llamar mi atención sobre la música y la olvidase a ella.

Y entonces lo vi. Sus manos estaban sobre del piano, sus dedos hacían la forma de los acordes y se movían al ritmo de la melodía pero las teclas no se movían, los martillos del interior de la cola no golpeaban ninguna cuerda. Era imposible que sonara nada pero aun así ella seguí interpretando con más pasión a cada compás.

Llegó el punto álgido de la canción, el acorde crucial que resolvía toda aquella sinfonía en Si bemol y como un flashback, se presentó ante mis ojos toda la verdad.

En aquel instante todo cobro sentido de golpe y ella dejó de tocar, me miró un segundo con lágrimas en los ojos y se desvaneció lentamente como si se tratase de un holograma, un fantasma que en realidad nunca había estado allí. Y de hecho así era.

Laura Fernández no era una intrépida chica que me había rescatado de un hospital en medio de un apocalipsis zombie. Era mi novia. La misma novia que había perdido años atrás en un accidente de tráfico.

La misma mujer que murió entre mis brazos susurrando un "te quiero". Aquella a la que había amado y cuya pérdida provocó mi descenso a la locura.

Cada escena de lo vivido en los dos días anteriores comenzó a cobrar otro sentido en mi cabeza. Nunca hubo zombies, sino personas con las que me cruzaba. Nunca hubo sicarios, sino personal sanitario que trataba de traerme de vuelta al hospital psiquiátrico del que me había escapado cuarenta y ocho horas antes.

No hubo un puñetazo, sino un sedante que me dejó grogui durante el viaje en coche.

Y nunca hubo una compañera. Nunca tocó nada, ni nunca me llegó a tocar a mí. Todo el tiempo fue producto de mi atribulada imaginación.

Capítulo IX. *Vivir.*

"Perdóname por dibujar otras musas en tu lugar.

No quiero que me veas llorar.

Perdóname por complacer tus deseos y volar lejos,

sin mirar atrás.

Y si vivir es olvidar que morir

sea recordarte en cada piel.

Aparentar, disimular que mil noches

bastarán para sanar

la herida que has dejado sin cerrar."

Fragmento de "Vivir" (Cervan).

Me senté en el piano a tocar yo mismo la misma melodía, dejé que mis dedos fluyeran. Ni siquiera sabía que sabía tocar pero ahí estaba yo, interpretando la canción que había puesto fin a toda premura en mi situación. De repente ya no tenía prisa ni estaba amenazado de ser desmembrado por zombies, simplemente esperaba a que llegase alguien que se hubiese dado cuenta de que ya no estaba inmerso en un brote psicótico.

Disfruté de cada compás a sabiendas de que no dejarían que me acercase a ese piano en mucho tiempo. Después de haber conseguido escaparme del edificio a saber cuánto tiempo me tendrían encerrado. Mierda…

-¿Qué te ha traído de vuelta esta vez?

-Hola doctor.- Contesté.

-Hola amigo.

El tipejo del bigote me dedicó una mirada paternal mientras se peinaba su ridículo mostacho con los dedos.

-¿Y bien?

-La canción.

-Es lo único que me tiene desconcertado, la dichosa canción. ¿Qué tendrá que ver con todo lo que pasó?

-Esta vez lo he visto mucho más claro, doctor. Ya sé lo que quiere decir.

-¿Sí?, cuéntame por favor.

-Es la que sonaba aquel día, ¿sabe? En el coche que se la llevó. Sonaba sin parar, el reproductor debía estar configurado para repetirla. Fue como la banda sonora de nuestra despedida.

-¿Has vuelto a verla?

-Ella siempre está conmigo, doctor.

-Tenemos que encerrarte otra vez, ¿lo sabes no?

Suspiré profundamente, tomándome mi tiempo antes de contestar.

-Volveré a salir. Ella siempre me ayuda.

-Ya lo hemos hablado amigo, ella está en tu cabeza. Eres tú quien se ha vuelto tremendamente eficiente en escaparte.

-Como sea.

Le di la razón, nunca mejor dicho como a los locos. Yo sabía que no podía ser sólo cosa mía. Laura tenía que estar allí de alguna manera ayudándome a escapar cada vez. Llevándome por caminos que no había visto en mi vida, avisándome de los "bichos" que venían a comernos.

Esa noche me fui a dormir sabiendo que al día siguiente las extrañas manchas del techo me resultarían conocidas pero no sabría por qué, que me encontraría solo en una habitación de hospital después de un supuesto accidente de tráfico y que los zombies intentarían comerme. Aun así, me iba feliz sabiendo que volvería a verla y que quizás, esta vez habría más suerte y podría llegar a tocarla.

Fin.

Peli de zombies en Si bemol